5 ghost stories ♠ 5 ghost stori
5 ghost stories ♥ 5 ghost stories

ぞくぞく
びっくり箱
こわ〜い
オバケ
5つのお話
日本児童文学者協会・編
5 Ghost Stories

ぞくぞく
びっくり箱

2

こわ～いオバケ 5つのお話

もくじ

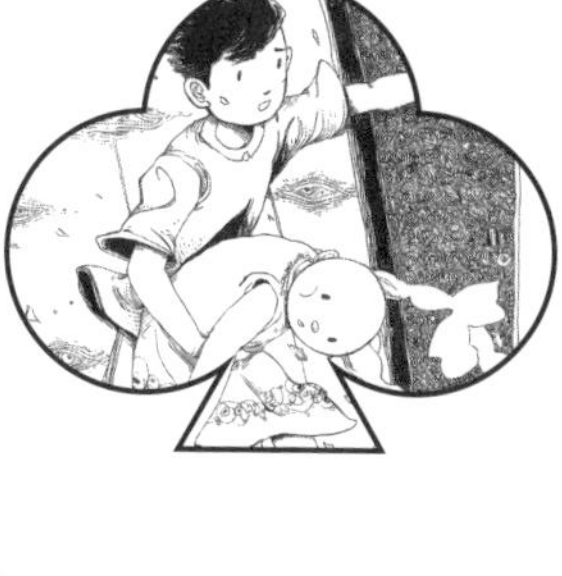

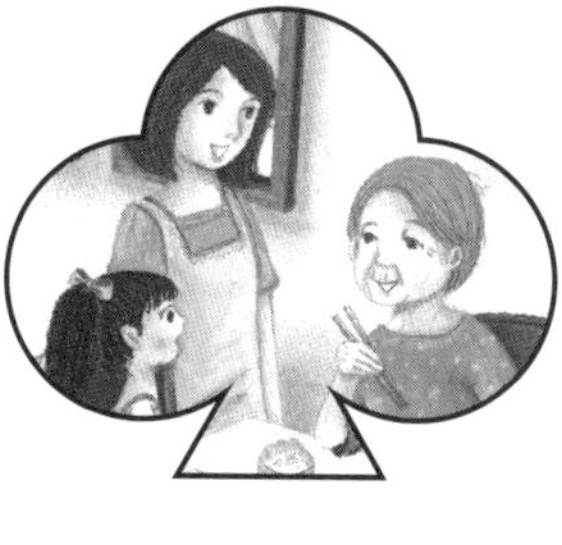

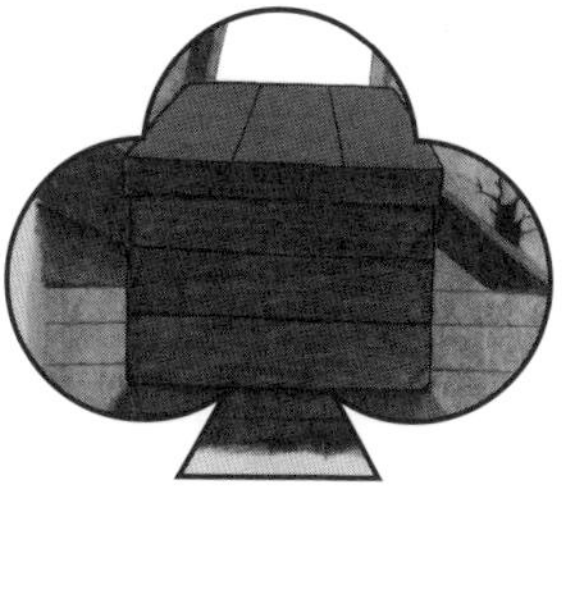

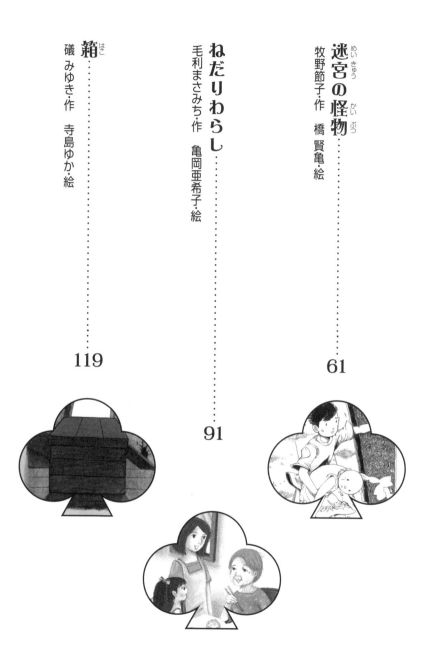

装幀・装画　あんびるやすこ

ぞくぞくびっくり箱

世界《せかい》でいちばん、こわいおばけ

加藤純子・作　北田哲也・絵

ゆうやみがせまってきました。さっきまで、血《ち》の色《いろ》をしていた西《にし》の空《そら》が、黒《くろ》い絵《え》の具《ぐ》をながした色《いろ》にかわっていきます。

なまあたたかい風《かぜ》もふいてきました。

森《もり》の湖《みずうみ》のしげみがゆれました。

「う~ん」と、のびをしながら、ぬっと顔《かお》をだしたのは、妖怪《ようかい》おばけのソラです。ソラは、落《お》っこちそうなぎょろりとした目《め》と、耳《みみ》までさけた口《くち》をもっています。おまけに大《おお》きな頭《あたま》をしていて、その頭《あたま》には小《ちい》さな角《つの》まではえています。

おばけのソラを見《み》た子《こ》どもは、かならず泣《な》きだします。いえ、泣《な》いてくれないとソラはこまるのです。

子《こ》どもをこわがらせるたびに、ソラはむく、むくっと大《おお》きくなっていくのです。いつまでもチビでいるわけにはいきません。だから、

「こわ~いよぉ」

そういって、子《こ》どもに泣《な》いてもらわないと困《こま》るのです。

おまけに、ただでさえ食欲《しょくよく》おうせいのソラの胃袋《いぶくろ》は、木《き》の実《み》だけで満足《まんぞく》するはずがありません。

そのため夜《よ》な夜《よ》な、森《もり》の中《なか》の家《いえ》いえにしのびこむのです。ソラは、昼間《ひるま》は湖《みずうみ》の岩《いわ》のくぼみや、木《き》の幹《みき》にもぐりこんでねています。

今夜《こんや》もソラは森《もり》のあちこちを、子《こ》どものいる家《いえ》をさがしてうろうろしはじめました。

ふとソーセージのにおいがしてきました。ソラはソーセージには目《め》がないのです。いつもは子《こ》どもの声《こえ》をたよりにしのびこむ家《いえ》をさがすのに、その日《ひ》にかぎってソラは、ソーセージのにおいにひきずられてしまったのです。

「はらぺこだしな」

ソラは自分《じぶん》にいいわけすると、壁《かべ》のすきまから、するりと家《いえ》の中《なか》へ入《はい》っていきました。台所《だいどころ》のあかりは消《き》えています。

ソーセージのにおいがしたのは、どうやらさっきまでフライパンでソーセージを焼《や》いていたからのようです。でもテーブルには、ひとかけらのソーセージも残《のこ》っていません。

「においだけ残《のこ》しておくなんて、ひどいぞ」

ソラはぷりぷりしながら、家《いえ》の中《なか》を歩《ある》きまわりました。こうなったら子《こ》どもをみつけて、思《おも》いきり泣《な》かせてやるんだ。

けれど、どの部屋《へや》も真《ま》っ暗《くら》。子《こ》どもの声《こえ》などどこからもしてきません。

「ソーセージにつられたオレがバカだった」

ソラは、頭《あたま》の角《つの》を思《おも》いきりひっぱりました。そのとき洗面所《せんめんじょ》のほうから音《おと》がしました。

そっとのぞきこむと、おじいさんがねる前《まえ》の歯《は》みがきをしているところでした。

「年寄《としよ》りだっていいや、こわがらせてやれ」

ソラはつぶやくと、鏡《かがみ》に自分《じぶん》の姿《すがた》がうつる位置《いち》に立《た》ちました。

夢中《むちゅう》で歯《は》みがきをしていたおじいさんが、ふと顔《かお》をあげて鏡《かがみ》を見《み》ました。

次《つぎ》の瞬間《しゅんかん》。おじいさんは白目《しろめ》をむいて、その場《ば》にたおれこみました。

「へ、これだから年寄《としよ》りはイヤなんだ。子《こ》どもはオレを見《み》て、ただ泣《な》いてくれるだけなのにさ」

しかたなくソラは、床《ゆか》にたおれているおじいさんを背中《せなか》に背負《せお》うと、ひきずるようにしてベッドルームに運《はこ》んでいきました。

ふと小《ちい》さな物音《ものおと》がしました。花柄《はながら》のカーテンがふわっとゆれました。ソラは胸《むね》をどきどきさせながら窓《まど》を見《み》ました。

窓《まど》はしっかりしまっています。ゆらしたのは風《かぜ》ではなさそうです。

「だ、だれだ。でも、こわくなんかないぞ。だってオレさまは、世界《せかい》でいちばんこわいおばけなんだからな」

カーテンにむかって強《つよ》がりをいってみたものの、ソラのおしりはもぞもぞしています。おしっこがしたくなりました。

ウソ！　おばけって、こんな、こわいものだったわけ？

おばけなのに、おばけをこわがっている自分《じぶん》がちょっとなさけなくなりました。

そのとき首《くび》のあたりになにやら、なまあたたかいものがぺたりと！

ぞわっと、恐怖《きょうふ》がつきあげてきました。

「あわわ……！」

暗闇《くらやみ》の中《なか》でソラは、背中《せなか》に背負《せお》っているおじいさんを落《お》としそうになりました。おそるおそる横《よこ》を見《み》ると、なんとそれはおじいさんの手《て》でした。

「なあんだ」

ほっとしながらも、ソラの心臓《しんぞう》はまだばくばくいっています。

オレさまは、世界一《せかいいち》こわいおばけなんだ。

自分《じぶん》はこわい、こわ～いおばけだということを、いつもいいきかせているソラです。それなのにいま、ちょっとだけ泣《な》きそうになりました。こぼれそうになった涙《なみだ》をふりはらうと、ソラは胸《むね》をはって自分《じぶん》にいいきかせました。

「こわいものなんかあるもんか。だってオレさまが、こわいおばけなんだから」

こころなしか、背中《せなか》のおじいさんが、ずっしりと重《おも》くなっています。

「じいさん、年寄《としよ》りはソーセージなんか食《た》べちゃだめだよ。重《おも》いのなんのって」

ベッドルームにつくと、となりのベッドにおばあさんがねていました。

ベッドがきしむ音《おと》がして、おばあさんがねがえりをうちました。

「おじいさん、遅《おそ》かったのね。わたし今日《きょう》はもう、くたくた……」

おばあさんは、ソラのほうも見《み》ずに毛布《もうふ》を頭《あたま》までかぶってしまいました。しかたなくソラは、おじいさんをベッドにねかせました。そしてベッドわきのライトを消《け》すとベッドルームをでていきました。

それにしても、はらぺこです。

おめあてのソーセージはひとかけらもないし……。しかたなしにソラは戸《と》棚《だな》をあさりました。そしてそこからチーズとパンをとりだすと、むしゃむしゃとほおばりました。

どうやらこの家《いえ》は、お年寄《としよ》りのふたりぐらしみたいです。

ふと流《なが》しを見《み》ると、よごれたお皿《さら》が山積《やまづ》みになっています。

「ああ、ばあさん、今日《きょう》はもうつかれた、とかいってたな」

ソラはチーズとパンのお礼《れい》に、流《なが》しの皿《さら》を洗《あら》いはじめました。おばけのソラは、こわいだけじゃなく、お節介《せっかい》でもあるのです。

とつぜん、外《そと》で馬《うま》のいななきがきこえました。おじいさんの家《いえ》の馬《うま》がさわいでいるようです。

馬《うま》は敏感《びんかん》だからな。おばけのオレさまが入《はい》りこんだのを感《かん》じたのか……。皿《さら》を洗《あら》いおえるとソラは、馬小屋《うまごや》にいきました。ソラをみた馬《うま》は、「ヒヒーン、ヒヒーン」となにかを訴《うった》えるように鳴《な》いています。

鳴《な》かせるのは、子《こ》どもじゃなくて馬《うま》でもいいのかな……。そんなことを考《かんが》えながら、ソラは馬《うま》に近《ちか》づいていきました。そして、思《おも》いっきりこわい顔《かお》をしました。

「おまえを、とって食《く》ってやる！」

子《こ》どもだったら腰《こし》をぬかし、泣《な》きわめくはずです。ところが馬《うま》は、バカそうな馬《うま》づらで、ソラを見《み》ると、

「水《みず》」

といいました。

「おまえ、水《みず》がほしくて泣《な》いていたのか？　オレさまがこわいから泣《な》いていたんじゃないのか？」

おばけのこわい顔《かお》で、ソラがききかえすと、

「水《みず》」

馬《うま》はまぬけな馬《うま》づらで、もういちどつぶやきました。

「アホか！」

ソラは、おこりながらも、桶《おけ》に水《みず》をくんできてあげました。馬《うま》はうれしそうに水《みず》を飲《の》んでいます。

もともとこわいおばけです。それに根性《こんじょう》が悪《わる》いと、人間《にんげん》たちにいわれるおばけのソラは、馬《うま》のバカづらを見《み》ていたら、いたずらがしたくなりました。

馬《うま》の頭《あたま》にとびのると、ソラはたてがみを三《み》つ編《あ》みに編《あ》みました。バカづらの

馬《うま》は、たてがみを三《み》つ編《あ》みにされ、ますますまぬけな顔《かお》になりました。わらいだしたいのをこらえ、ソラはクールにいいました。

「にあうよ」

いたずらしたら、少《すこ》しだけ気分《きぶん》がすっきりしました。けれど、どうも今夜《こんや》は調子《ちょうし》がでません。

たしかにおじいさんはおどろいて気《き》をうしなってしまいましたが、泣《な》くまではいたっていません。馬《うま》だって、馬《うま》づらのバカそうな顔《かお》をむけただけです。もっとオレさまのこわさを、見《み》せつけてやらなくちゃいけない。……なにしろオレさまは、こわい、こわ〜いおばけなんだから。

ソラはそうつぶやきながら、トイレの窓《まど》から糸《いと》のようにうかぶ三日月《みかづき》をながめながら、おしっこをしました。

とつぜん、なにかの落《お》ちる物音《ものおと》がしました。

びっくりしたソラはトイレからとびだすと、音《おと》のしたほうに歩《ある》きだしました。おばけのオレさまをさしおいて、やっぱりこの家《いえ》には、なにかがいるのかもしれない。

ソラは足音《あしおと》をしのばせると、キッチンの納戸《なんど》にいきました。音《おと》はたしかにここからしました。

「だれだ～」

ふるえる声《こえ》でソラがいいました。

返事《へんじ》がありません。と、そのとき、足《あし》もとをなにかがするりとかけぬけていくのがわかりました。目《め》にもとまらぬとは、こういうことをいうのかも知《し》れません。夜目《よめ》のきくソラでさえ、それがなんであったのか、わかりませんでした。まるで一瞬《いっしゅん》のできごとでした。

ソラは、納戸《なんど》の中《なか》を見《み》わたしました。おばけよりこわいものがいるはずがない。胸《むね》をはってそう思《おも》うのですが、心臓《しんぞう》はバクバクいっています。

と、そのとき納戸《なんど》の棚《たな》から、なにかが転《ころ》がりおちました。

「ウギャ〜！」

悲鳴《ひめい》をあげるとソラは、その場《ば》にへたりこんで両手《りょうて》で顔《かお》をかくし、腰《こし》をぬかしてしまいました。しばらくしてソラは、おそるおそる指《ゆび》のあいだからのぞいてみました。

よく見《み》ると、それは真《ま》っ赤《か》なリンゴでした。

「なんだ、リンゴか」

へっぴり腰《ごし》ではいつくばると、ソラはそのリンゴをほおばりました。甘《あま》くてすっぱくて、おいしいリンゴです。

「食後《しょくご》のデザートにサイコー」

強気《つよき》にそうつぶやいたものの、ソラの背筋《せすじ》にはつめたい汗《あせ》がながれていきました。

なにかがここにいる！

そう思《おも》っただけで、おそろしくなりました。

ソラは、泣《な》きわめく子《こ》どもたちの気《き》もちが、ちょっぴりわかったような気《き》がしました。

ふいになまぐさい空気《くうき》がながれてきました。よく見《み》ると、納戸《なんど》の食料庫《しょくりょうこ》の中《なか》の干物《ひもの》の魚《さかな》が、床《ゆか》に転《ころ》がりおちています。

「だ、だれだ！」

ソラは、暗闇《くらやみ》にむかってさけびました。ひざがガクガクふるえています。

いやいやいったいぜんたい、おばけよりこわいものがこの世《よ》にいるはずなんかない。

そう思《おも》いながらもソラは、風《かぜ》もなくゆれたカーテンを思《おも》いうかべました。

それにしても今夜《こんや》は、おかしな夜《よる》です。

それっきり物音《ものおと》はしなくなりました。カーテンがゆれることもありませんでした。

夜《よる》がふけていきました。ソラは壁《かべ》をすりぬけると、なんどもふりかえりながら、お年寄《としよ》り夫婦《ふうふ》の家《いえ》をあとにしました。そして次《つぎ》の家《いえ》をさがしだすために歩《ある》きだしました。

風《かぜ》がほおをなでていきます。次《つぎ》にしのびこんだのは、真夜中《まよなか》だというのに、ギャアギャア子《こ》どもの泣《な》き声《ごえ》のする家《いえ》でした。

きょうだいげんかをしているのか、外《そと》にまでいいあらそう声《こえ》がきこえてきます。

「おいおい、お子《こ》さまはもうねる時間《じかん》だぜ。オレさまのこわがらせる相手《あいて》は、トイレに起《お》きてきた子《こ》どもなのに」

ソラはあかりの消《き》えている二階《かい》の部屋《へや》にもぐりこむと、様子《ようす》をうかがっていました。

そばには、子《こ》どものおもちゃが転《ころ》がっています。ふと階段《かいだん》をのぼってくる足《あし》音《おと》がしました。ソラはあわてて、机《つくえ》の下《した》にもぐりこみました。

「まったく、すぐ泣《な》けばいいと思《おも》ってるんだから！」

おこったように男《おとこ》の子《こ》はいうと、机《つくえ》をけとばしながら部屋《へや》の電気《でんき》をつけました。あわててソラは手《て》で明《あ》かりをさえぎりました。明《あか》るいのは苦手《にがて》です。

机《つくえ》の下《した》にかくれて目《め》をほそめると、うごかずじっと男《おとこ》の子《こ》を見《み》ていました。もし男《おとこ》の子《こ》がソラに気《き》づき、泣《な》きわめき、さわぎたててくれたら、それはそれでもうけものです。

ところが男《おとこ》の子《こ》は、目《め》をこすりながらぽつんとつぶやいたのです。

「ママはいつだって、弟《おとうと》の味方《みかた》なんだから。ぼくなんかどうなってもいいんだ」

どうやら男《おとこ》の子《こ》は、きょうだいげんかをしてお母《かあ》さんにおこられたようです。

いつもだったら、すぐにとびだして子《こ》どもが腰《こし》をぬかして泣《な》きさけぶくらいこわがらせるソラです。

でも男《おとこ》の子《こ》の悲《かな》しそうな顔《かお》を見《み》ていたら、尻《しり》ごみしてしまったのです。

だってあの子《こ》、泣《な》いてたぜ。

ソラは机《つくえ》の下《した》から、息《いき》をつめるようにようすを見《み》ていました。

「おにぃちゃん」

そのとき階段《かいだん》の下《した》からしゃくりあげるような、小《ちい》さな男《おとこ》の子《こ》の声《こえ》がしました。

「あがってくるな！」

すかさず男《おとこ》の子《こ》のどなり声《ごえ》がとびました。

チェッ、いらいらしてらぁ。

ソラはじっとしていられなくなりました。

こういうとき、オレさまがこわがらせてやれば、おそろしくなって泣《な》きさけび、気《き》がついたらきげんもなおっている、ってものよ。

ソラは力《ちから》まかせに息《いき》をふきかけると、机《つくえ》の上《うえ》のペンケースをドンガラガンと下《した》に落《お》としました。それから、ベッドの毛布《もうふ》をひらひらとゆらしてみました。

男《おとこ》の子《こ》が、ぎょっとした顔《かお》でそれを見《み》て、立《た》ちつくしています。でもまだ泣《な》いていません。

「おにぃちゃん」

下《した》からまた弟《おとうと》の声《こえ》がします。と、そのときバタンバタンと小《ちい》さな足音《あしおと》がして、弟《おとうと》が二階《かい》にあがってくるのがわかりました。

よーし、こうなったら、ふたりいっぺんに泣《な》かせてやるぞ。ソラは腕《うで》まくりすると、うんとこわそうな、おばけの顔《かお》をつくりました。

意気《いき》ごんでソラがとびだそうとした瞬間《しゅんかん》。

ものかげから、黒《くろ》い固《かた》まりがあらわれて、男《おとこ》の子《こ》の足《あし》もとから走《はし》りさっていきました。

「ネズミ！」

男《おとこ》の子《こ》が、さけび声《ごえ》をあげました。部屋《へや》の入《い》り口《ぐち》の弟《おとうと》の足《あし》がとまりました。

「おまえがクッキーを食《た》べちらかすから、ドブネズミが入《はい》ってくるんだぞ」

男《おとこ》の子《こ》が弟《おとうと》にむかっていいました。

ドブネズミ？

ということは、さっきのあれも、もしかしてネズミ？

ネズミときいてソラは、机《つくえ》の下《した》で苦笑《にがわら》いしました。こわいおばけのくせに、ネズミなんぞにドキドキさせられたのです。

ソラは子《こ》どもを泣《な》かせるという自分《じぶん》の仕事《しごと》をわすれ、そのドブネズミとやらをやっつけてやりたくなりました。

気《き》がついたらソラは不用心《ぶようじん》にもおばけのこわい顔《かお》もせず、机《つくえ》の下《した》からとびだしていました。ソラを見《み》た子《こ》どもたちは、こわさのあまり、固《かた》まっています。

「ん……」

弟《おとうと》が、ベソをかきました。そんな弟《おとうと》をかばうように、あわてて男《おとこ》の子《こ》が自分《じぶん》のうしろに弟《おとうと》かくしました。

なんだ、けんかしてたくせに、ほんとうは弟《おとうと》がかわいいんじゃないか。ソラはちょっとだけつまらなくなりました。ソラのおばけの血《ち》がさわぎました。

「おまえたちを食《く》ってやる」

とうとう弟《おとうと》が泣《な》きだしました。けれど男《おとこ》の子《こ》は、必死《ひっし》に泣《な》きだしたいのをこらえています。

「泣《な》け。ほら、こわいんだぞ。泣《な》け〜」

「泣《な》くもんか」

半《はん》べそをかきながらも、男《おとこ》の子《こ》は弟《おとうと》をかばうようにこっちをにらみつけていました。と、そのうち野球《やきゅう》のバットでソラになぐりかかろうとしてきました。

バッドをひょいひょいとかわしながら、ソラは落《お》ちこんでいました。だって世界《せかい》でいちばんこわいおばけに、バッドで立《た》ちむかってくる子《こ》どもがいるなんて！

今夜《こんや》は、なんてサイテーな夜《よる》なんだろう。

ネズミにはおどかされるわ、いつもだったら泣《な》きわめく子《こ》どもにバッドをふりまわされるわで……。

ソラは、落《お》っこちそうな目《め》を寄《よ》り目《め》にすると、耳《みみ》までさけた赤《あか》い口《くち》から長《なが》いベロをだしました。

「おまえらを食《く》ってやる」

男《おとこ》の子《こ》の目《め》から涙《なみだ》がこぼれそうになりました。けれど男《おとこ》の子《こ》は必死《ひっし》に弟《おとうと》の手《て》をにぎりしめると、

「おばけなんか、こわくないや」

とさけびました。

そのとき、また目《め》の前《まえ》を黒《くろ》い固《かた》まりが通《とお》りすぎていきました。ソラは「グヤ～」とさけび声《ごえ》をあげると、その固《かた》まりにむかってとびかかっていきました。

ソラに踏《ふ》みつぶされたドブネズミは気《き》をうしなってしまいました。

ソラはすかさず、ネズミの左右《さゆう》のひげを口《くち》の上《うえ》でしっかりむすんでやりました。これで口《くち》はひらきません。もう家《いえ》いえにもぐりこんで悪《わる》さはしないはずです。得意《とくい》げにソラは男《おとこ》の子《こ》を見《み》ました。

さっきから固《かた》まったままソラのようすを見《み》ていた男《おとこ》の子《こ》が、まるで緊張《きんちょう》の糸《いと》が切《き》れてしまったようにとつぜん泣《な》きだしました。おどろいた弟《おとうと》が、泣《な》きじゃくりながらもびっくりした顔《かお》で、そんな兄《あに》の姿《すがた》を見《み》ています。

とうとう泣《な》かしてやったぞ！

ソラは満足《まんぞく》しきった顔《かお》で、その家《いえ》をとびだしました。

さえなかった夜《よる》に、とたんに光《ひかり》が舞《ま》いもどってきました。

翌日《よくじつ》は満月《まんげつ》でした。ソラはいつものように、湖《みずうみ》のくぼみからはいだしてきました。

気《き》がついたらソラは、あの男《おとこ》の子《こ》の家《いえ》の前《まえ》に立《た》っていました。食事中《しょくじちゅう》なのか、中《なか》からわらい声《ごえ》がします。

「……あのおばけ、悪者《わるもの》じゃなかったよ。だってドブネズミをやっつけてくれたもん。……でもすごくこわかった」

男《おとこ》の子《こ》の声《こえ》がきこえます。

人間《にんげん》の子《こ》どもを泣《な》かせるオレさまをつかまえて悪者《わるもの》じゃなかったって？　くすぐったくてきいちゃいられない。いや、でもこわかったって？　それでいい。

だってオレさまは世界《せかい》でいちばんこわいおばけなんだから。きき耳《みみ》をたてながら、ソラは、にたりとしました。

それにしてもあのネズミ、どうしているだろう。ふとソラは昨日《きのう》の夜《よる》のネズミのことを思《おも》いだしました。あいつも生《い》きていかなきゃだしな。こんど会《あ》ったら、ひげをほどいてやるさ。

ソラはその場《ば》をはなれると、次《つぎ》にもぐりこむ家《いえ》をさがして歩《ある》きだしました。

ぞくぞくびっくり箱

ジンゴ

西 美音・作　後藤あゆみ・絵

学校《がっこう》からの帰《かえ》り道《みち》、太一《たいち》は塀《へい》に止《と》まっている一羽《わ》のカラスに気《き》がつきました。

カラスは、なにかをじっと見《み》つめています。太一《たいち》が近《ちか》づいてもにげません。カラスが見《み》ている先《さき》には、ダンボール箱《ばこ》が置《お》かれています。箱《はこ》はカタカタとうごいていて、中《なか》から小《ちい》さな音《おと》がきこえます。中《なか》に子《こ》ネコでもいて、カラスはそれを食《た》べようと、ねらっているのでしょうか。

太一《たいち》は、ランドセルを肩《かた》からおろし、「こらっ！　しっしっ！」と、カラスにむけてふりまわしました。カラスはおどろいて、とんでにげていきました。

ダンボール箱《ばこ》をあけてみると、中《なか》にはネズミみたいなものがいました。ネズミにしては大《おお》きくて、黒《くろ》と白《しろ》と茶色《ちゃいろ》の三色《しょく》の毛《け》で、しっぽはありません。

おどろいたことに、その動物《どうぶつ》は、頭《あたま》にヘッドホンをつけて目《め》をつぶり、気《き》もちよさそうに足《あし》をふみならしています。ヘッドホンからは、シャカシャカと小《ちい》さな音《おと》がもれています。

「すてネコってきいたことあるけど、すてネズミっていうのもあるんだ」

ダンボール箱《ばこ》をかかえて家《いえ》に帰《かえ》ると、おかあさんは中《なか》をのぞいていいました。

「これはネズミじゃなくて、モルモットだわ」

さっきまでしていたヘッドホンは、いつのまにかなくなっています。

「太一《たいち》ちゃんは、もう三年生《ねんせい》だから世話《せわ》もできるだろうし、飼《か》ってもいいわよ」

「やったあ！　ぼくのペットだ！」

なかよしだったレイくんが転校《てんこう》してから、さびしくてしかたなかった太一《たいち》は、大《おお》よろこびです。

さっそく二階《かい》の自分《じぶん》の部屋《へや》に、ダンボール箱《ばこ》を運《はこ》びました。

太一《たいち》だけしかいなくなると、モルモットはからだの下《した》にかくしていたヘッドホンをつけて、またシャカシャカと音楽《おんがく》を鳴《な》らしはじめました。

「音楽《おんがく》をきくモルモットなんて、へんなの」

そういうと、モルモットは目《め》をあけてにらみました。

「ヘンだァなんてしつれいナ。ボクの名前《なまえ》はジンゴだヨ。ちゃんと名前《なまえ》でよんでくれヨォ」

「わっ、しゃべった！」

おどろいた太一《たいち》は、モルモットをもちあげて下《した》からのぞいてみました。すると、モルモットは、

「うきゃっ！」と、さけんで、足《あし》をじたばたさせました。

「やめろォ、おろせェ、ふざけんナ！」

「なにかしかけがあるのかと思《おも》ったけど、なんにもない。本物《ほんもの》だ！」

「あたりまえだヨ、ボクはホンモノ。おしゃべりするのはお手《て》のモノ」

その日《ひ》から、ジンゴは太一《たいち》とくらすことになりました。

ジンゴは、いつも歌《うた》うようにしゃべります。前《まえ》にテレビでラップという音楽《おんがく》をきいたことがありますが、ジンゴのしゃべり方《かた》はラップににていると、太一《たいち》は思《おも》いました。

ジンゴは太一《たいち》に、三つの約束《やくそく》をさせました。

一、ほかの人《ひと》には、しゃべれることはひみつ。
二、いろいろと、せんさくしない。
三、リスペクトして世話《せわ》をする。

「せんさくしない、ってどういう意味《いみ》？」

太一《たいち》がきくと、ジンゴは指《ゆび》を一本《ぽん》立《た》てて、「ち、ち、ち」と、横《よこ》にふりました。

「細《こま》かいことをォ、あれこれしつこく知《し》ろうとするナ、てェことヨ」

「リスペクトして世話《せわ》するって？」

ジンゴはヒゲを指《ゆび》でつまみます。

「そんけいするゥ、気《き》もちをもって、世話《せわ》をしろってことなのサ」

おかあさんは、ジンゴがふつうのモルモットだと思《おも》っています。また、学校《がっこう》では、ジンゴのことをはなさないことにしました。

太一《たいち》はジンゴのことをいろいろ知《し》りたいと思《おも》いますが、約束《やくそく》なので、きくのをやめました。

「リスペクトして世話《せわ》をする」は、よくわかりませんが、「ジンゴくん」とよんでクラスの友《とも》だちみたいにしていれば、文句《もんく》をいいませんでした。

ジンゴがきてからは、学校《がっこう》にいるときもジンゴのことばかり考《かんが》えています。

前《まえ》は学校《がっこう》で、レイくんとよく話《はなし》をしました。レイくんはリスを飼《か》っていて、うらやましいと思《おも》っていました。レイくんがいたなら、ジンゴのことをはなさずにいられなかったでしょう。でも、レイくんが転校《てんこう》した今《いま》は、学校《がっこう》ではあまり友《とも》だちと話《はなし》をしません。

太一《たいち》は帰《かえ》りの時間《じかん》が待《ま》ちどおしくて、終《お》われば走《はし》って家《いえ》に帰《かえ》りました。そして、その日《ひ》あった楽《たの》しかったこと、悲《かな》しかったことなどをジンゴにはなします。そのたびにジンゴは、

「幸《しあわ》せ気分《きぶん》でわらえるならサ、それがなによりだいじなことサ」

とか、

「モヤモヤするときャ、ねむればいいヨ。夢《ゆめ》はいちばんよくきく薬《くすり》。オーイエー」

などと、返事《へんじ》をしました。

ジンゴとの約束《やくそく》は守《まも》っていましたが、一度《ど》、お母《かあ》さんにジンゴがしゃべれる

ことをいいそうになりました。するとジンゴは鼻《はな》にしわをよせ、見《み》たこともないようなこわい顔《かお》をしました。

びっくりした太一《たいち》は、約束《やくそく》をちゃんと守《まも》ろうと思《おも》いました。

その日《ひ》、係《かかり》の用事《ようじ》でいつもよりおそく学校《がっこう》をでると、門《もん》のところに子《こ》どもたちが集《あつ》まっていました。

子《こ》どもたちの中心《ちゅうしん》には、コートを着《き》たおじさんがいます。ぼうしにマスク、白《しろ》い手《て》ぶくろをして、子《こ》どもたちにアメを配《くば》っています。

みんながもらっているので、太一《たいち》も手《て》をだしました。すると、おじさんは手《て》にアメを乗《の》せながら、ささやくような声《こえ》でいいました。

「さあ、食《た》べなさい。食《た》べたらいいなさい。モルモットの入《はい》ったダンボール箱《ばこ》をひろった子《こ》は、だれだ?」

太一《たいち》はギョッとして、まわりの子《こ》を見《み》ました。子《こ》どもたちはアメを口《くち》に入《い》れると、

「わたしじゃない」

「ぼくじゃない」

と、いいながら帰《かえ》って行《い》きます。太一《たいち》はアメをにぎりしめました。

これを食《た》べると、「ぼくがひろいました」と、本当《ほんとう》のことをいってしまうのかもしれません。

みんな帰《かえ》って、のこったのは太一《たいち》だけです。

太一《たいち》は、アメをポケットに入《い》れました。

すると、おじさんは、太一《たいち》のむねの名《な》ふだをのぞきこみました。

「三年《ねん》一組《くみ》の田中太一《たなかたいち》くん。きみは食《た》べないのか?」

どきっとしておじさんを見《み》ると、マスクがはずれて顔《かお》が見《み》えました。

「あっ！」

太一《たいち》は、びっくりしました。

おじさんの顔《かお》は、うろこでおおわれています。ニヤリとわらった口《くち》からは、先《さき》がふたつにわかれた細《ほそ》い舌《した》が、ペロペロとでています。まるでトカゲのようです。

おじさんに背中《せなか》をむけて、太一《たいち》は家《いえ》まで走《はし》りました。

玄関《げんかん》にとびこんでカギをしっかりしめ、階《かい》だんをかけあがりました。

自分《じぶん》の部屋《へや》のドアをいきおいよくあけると、勉強机《べんきょうづくえ》の上《うえ》にいたジンゴが、

「うきゃっ！」と、さけびました。「なんだァ、太一《たいち》か、おどろかすなヨォ」

「へんなのがいたんだ！　あれは人間《にんげん》じゃなかった」

ジンゴは、足《あし》をトントンふみならしました。

「この世《よ》に生《い》きるゥ、なかまたち。人間《にんげん》だけじゃあないんだゼ」

「そりゃそうだけど、さいしょは人間《にんげん》の大人《おとな》かと思《おも》ったんだ。でも、よく見《み》たら、トカゲみたいな顔《かお》だったんだよ」

「うきゃっ！」

トカゲときいて、ジンゴは机《つくえ》の上《うえ》のダンボール箱《ばこ》にとびこみ、中《なか》からふたをしめました。

「どうしたんだよ、ジンゴくん」

箱《はこ》の中《なか》から、声《こえ》がします。

「そいつァ、いったい、なにしてたんだィ」

「モルモットの入《はい》ったダンボール箱《ばこ》をひろったのはだれだって。ジンゴくんのこと、さがしてるんじゃないかな」

箱《はこ》の中《なか》から、また、「うきゃっ！」と、声《こえ》がしました。

「ジンゴくん、あいつのこと知《し》ってるの？　何者《なにもの》なの？」

箱《はこ》の中《なか》をのぞくと、ジンゴは、二本《ほん》のとがった前歯《まえば》をむきだし、おそろしい顔《かお》で指《ゆび》を二本立《ほんた》てました。二番《ばん》めの約束《やくそく》、「せんさくしない」です。

そのとき、階《かい》だんの下《した》から、おかあさんの声《こえ》がしました。

「太一《たいち》、帰《かえ》ってるの？　買《か》い物《もの》にいってくるから、るす番《ばん》おねがいね」

「はーい」

返事《へんじ》をしてから、ジンゴにいいました。

「なんだかこわいよ。あいつがなんなのか知《し》ってるなら、少《すこ》しだけでも教《おし》えてよ」

ジンゴは、小《ちい》さな声《こえ》でいいました。

「あいつァ、ゾルガ。オオトカゲ。強《つよ》くて賢《かしこ》くつめたいやつサ」

「ジンゴくんみたいにしゃべったりする動物《どうぶつ》が、ほかにもいるんだね？」

箱《はこ》のふちにかけていた太一《たいち》の指《ゆび》を、ジンゴはいきなり引《ひ》っかきました。ジンゴの爪《つめ》はうんと小《ちい》さいのに、赤《あか》い筋《すじ》がくっきり二本《ほん》、つきました。

あわてて手《て》をひっこめながら、これも、二番目《ばんめ》の約束《やくそく》の、せんさくするなという意味《いみ》だと思《おも》いました。

「ところで太一《たいち》ィ。まさかと思《おも》うが、ゾルガにこの家《いえ》、知《し》られてないよナ？」

そういわれて、太一《たいち》は青《あお》ざめました。

「名《な》ふだを読《よ》まれちゃった！　それに、ぼくだけもらったアメを食《た》べなかったから、あやしいと思《おも》われたかもしれない」

そのとき、ピンポーンと、玄関《げんかん》のチャイムが鳴《な》りました。

「うきゃっ！」と、とびあがって、ジンゴは箱《はこ》にもぐりこみました。

太一《たいち》もドキッとしましたが、学校《がっこう》から帰《かえ》ったときにしっかりカギをかけたはずです。

「だ、だいじょうぶだよ。だれも入《はい》れないからね」

そういってから、さっき、おかあさんが買《か》い物《もの》にでかけたことを思《おも》い出《だ》しました。おかあさんは、太一《たいち》がいるときは、いつもカギをかけないで、でかけてしまいます。

どうしよう……と、思《おも》ったとたん、玄関《げんかん》のドアがひらく音《おと》がしました。つづいて階《かい》だんをあがってくる足音《あしおと》がきこえます。

太一《たいち》は、机《つくえ》の角《かど》をつかんで、部屋《へや》のドアを見《み》つめました。

コンコン……

ノックの音《おと》がして、ドアがゆっくりひらきます。

こわさにふるえる太一《たいち》といっしょに、机《つくえ》がカタカタゆれています。

どうすることもできずに、ひらいていくドアを見《み》つめていると、そこには、オオトカゲのゾルガが立《た》っていました。

ぼうしの下《した》には、ぬらりと光《ひか》るうろこが見《み》えます。まん丸《まる》な目《め》が、こちらをじっと見《み》つめています。

大《おお》きくさけた口《くち》からは、真《ま》っ赤《か》な舌《した》がチロチロとでています。

白《しろ》い手《て》ぶくろは今《いま》はなく、ウロコの生《は》えた指《ゆび》、するどいつめが、コートのそでからのぞいています。

太一《たいち》は口《くち》の中《なか》がカラカラになって、さけぶこともできませんでした。

そのとき、ゾルガのうしろから一羽《わ》のカラスが入《はい》ってきて、机《つくえ》の上《うえ》のダンボール箱《ばこ》の上《うえ》ではばたきました。

「ここにあったカー。やっと見《み》つかったカー」

ゾルガが口《くち》をひらきました。

「ジンゴがいなくなったあと、この、カラスのブラッゴが小学校《しょうがっこう》の近《ちか》くでジンゴの入《はい》ったダンボール箱《ばこ》を見《み》つけた。それを、きみに追《お》いはらわれたそうだな」

そういえば、ジンゴをひろったとき、カラスがいました。

カラスのブラッゴは、口《くち》を大《おお》きくあけてさわぎました。

「あんときは、よくも追《お》いはらってくれたじゃないカー」

ゾルガは、ダンボール箱《ばこ》に歩《あゆ》みよって、ふたをあけました。

「ジンゴ、でてくるんだ」

ジンゴは、箱《はこ》のすみで頭《あたま》をかくしています。

ゾルガが、低《ひく》い声《こえ》でいいました。

「なんで、あれをもってにげた？」

ジンゴが頭《あたま》をもちあげました。

「あれってなんだァ？　なんのことサ」

「だいじなデータの入《はい》った、マイクロカードだ」

「そんなの知《し》らない。ボクじゃないヨォ」

「だったら、なぜダンボール箱《ばこ》にかくれて、わたしたちのところからにげたんだ」

ジンゴのヒゲが、おびえたようにプルプルふるえています。

「ゾルガがァ、プンプンおこってるって。ボクをさがして、おこってるって。ブラッゴがいうから、にげたのサァ」

ゾルガは、ダンボール箱《ばこ》に手《て》を入《い》れて底《そこ》をさぐりはじめました。

箱《はこ》の底《そこ》は二重《じゅう》になっていて、たくさんの小《ちい》さなカードがかくされていました。どれもモルモットの手《て》くらいの大《おお》きさしかありません。

ジンゴはあわてて、カードの上《うえ》にかぶさりました。

「なにするんだヨ、これはボクのサ。だいじな音楽《おんがく》、入《はい》ってるんだヨ」

ゾルガは、ジンゴをおしのけるようにしながらカードをかきわけ、一まいつまみました。ほかのマイクロカードは色《いろ》とりどりでしたが、それだけ真《ま》っ黒《くろ》です。

ゾルガの指《ゆび》のあいだにあるマイクロカードを見《み》て、ジンゴは、とぼけた調子《ちょうし》でいいました。

「よく見《み》りゃァ、それ、ボクのカードじゃないかんじィ」

ゾルガの目《め》が、光《ひか》ります。

「本当《ほんとう》に知《し》らないままもっていったのか？」

ジンゴの声《こえ》が、小《ちい》さくなりました。

「ゾルガはどんなァ、音楽《おんがく》きくか知《し》りたくてェ。ちょっと、しっけいしたかもネ」

「やっぱりわたしの机《つくえ》からもっていったんだな。音楽《おんがく》が入《はい》っていると思《おも》っていたのか。それで、再生《さいせい》してみたのか？」

「すっかりわすれて、まだなのサ」

ゾルガは、安心《あんしん》したようにフシューと息《いき》をはきました。

そして、ジンゴが入《はい》っているダンボール箱《ばこ》をかかえて、太一《たいち》にいいました。

「ジンゴをつれてかえるが、わたしたちのことは、だれにもいってはいけない。わたしたちのようにしゃべったりできる動物《どうぶつ》がいることは、人間《にんげん》には知《し》られたくないのだ」

ジンゴは、ダンボール箱《ばこ》の中《なか》でヒゲをひくひくさせています。

「まって。ジンゴくんをつれていってしまうの？」

太一《たいち》は、勇気《ゆうき》をだしていいました。

「いやだよ。ジンゴくんともっと話《はなし》がしたい。だれにもいわないって約束《やくそく》するから、ジンゴくんをつれていかないで」

ゾルガは、首《くび》を横《よこ》にふりました。

「だめだ」

ブラッゴが、カカカとわらいました。

「おまえなんか、ジンゴとくらすテストもしてやらないカー」

「ジンゴくんとくらすテスト？　それをすれば、ジンゴくんはうちにいられるの？」

ブラッゴは、またカカカとわらいました。

「テストをやって合格《ごうかく》したら、だめとはいえなくなるじゃないカー。どんなテストか、教《おし》えてやれないじゃないカー」

ゾルガが、「チッ」と、舌《した》うちしました。

「よけいなことをいうな、ブラッゴ。さあ、帰《かえ》るぞ」

ここで行《い》かせてしまっては、二度《ど》とジンゴにあえないかもしれません。

どうしよう、と思《おも》ったそのとき、太一《たいち》の手《て》が、ポケットにふれました。中《なか》には、ゾルガからもらったアメが入《はい》っています。

「そうだ」

ポケットからアメをだすと、

「やい、ブラッゴ！」と、よびました。

「なんだ、えらそうじゃないカー」

ブラッゴが口《くち》をあけたところへ、アメをほうりこみました。

「ジンゴくんとくらすには、どんなテストをすればいいの？」

「オレたち知能《ちのう》の高《たか》い動物《どうぶつ》なかまとくらしたいのカー。なら、ある問題《もんだい》に答《こた》えなきゃいけないじゃないカー」

「問題《もんだい》って？　だしてみてよ！」

「やめろ、ブラッゴ。いうんじゃない」

ゾルガが止《と》めましたが、ブラッゴはしゃべりつづけます。

「おまえは、どんな気《き》もちでジンゴの世話《せわ》をするカー！」

ゾルガの口《くち》から、ため息《いき》がもれました。

「問題《もんだい》をだしてしまったな、ブラッゴ」

ブラッゴは机《つくえ》に止《と》まって、羽《はね》で顔《かお》をかくしました。

太一《たいち》は、考《かんが》えました。

世話《せわ》をするときの気《き》もち？　どこかできいたことがある。

そうだ！　さいしょにジンゴとかわした約束《やくそく》の三つめ。

「リスペクトする！」

太一《たいち》が答《こた》えると、ゾルガは、「ガッ！」と、くやしそうに顔《かお》をゆがめ、ダンボール箱《ばこ》を机《つくえ》の上《うえ》にもどしました。

「答《こた》えられたなら、しかたない。もうしばらく、ここにいるがいい」

ジンゴは、「うきゃっ♪」と、手《て》をたたきました。

「ここはなかなか楽《たの》しくてェ、もすこしあそんでいたいのサ」

ゾルガはジンゴの口《くち》をとじさせるように、つめを当《あ》てました。

「だが、いいか。しゃべれることがほかの人《ひと》にわからないよう、くれぐれも注《ちゅう》意《い》するんだぞ」

ジンゴは、こくこくとうなずきました。

「もし、ばれたら、どうなるかわかっているな?」

ゾルガの目《め》がキラリと光《ひか》りました。

ジンゴは、いっそうはげしくうなずきました。

オオトカゲのゾルガとカラスのブラッゴが帰《かえ》ると、太一《たいち》とジンゴは、「やったあ!」と、いいながら、おたがいの手《て》のひらをあわせてタッチしました。

「ところで、だいじなデータって、なんだったんだろう?」

太一《たいち》がきくとジンゴは、さっきめくったダンボール箱《ばこ》の底《そこ》をもうひとつ、めくりました。

「三重《じゅう》になってるの？」

底《そこ》の底《そこ》の底《そこ》にも、色《いろ》とりどりのマイクロカードがちらばっています。ジンゴは、その中《なか》から一まいの黒《くろ》いカードをとりました。

「なくしたときにィ、こまらないよう、全部《ぜんぶ》のカードをおんなじ色《いろ》で、コピーした。イェー」

ダンボール箱《ばこ》の底《そこ》からは、携帯《けいたい》ゲーム機《き》のようなものもでてきました。

「黒《くろ》いィ、カード、ゾルガのカード。音楽《おんがく》じゃなきゃァ、なんなのサ？」

そういいながら、ジンゴはゲーム機《き》の中《なか》に黒《くろ》いカードを入《い》れました。

ふたりは、顔《かお》をくっつけるようにして画面《がめん》を見《み》つめました。

赤々《あかあか》ともえる火《ひ》がうつりました。

そのすぐ横《よこ》で、いろんな動物《どうぶつ》たちが、大《おお》きなお皿《さら》のまわりを歌《うた》いながらおどっています。

「なにこれ、お祭《まつ》り？　楽《たの》しそうだね」

太一《たいち》がいうと、ジンゴはヒゲをプルプルふるわせました。

「これァ、あのとき、あの儀式《ぎしき》ィ……」

「儀式《ぎしき》って？」

「おとなはみんなァ、このあと、ごちそう食《た》べたのサ……」

「へえ。ごちそう食《た》べたんだ。おとなだけ？　ジンゴくんは？」

ジンゴは首《くび》を横《よこ》にふりました。

そのうち、踊《おど》りの輪《わ》がアップになって、オオトカゲがうつりました。するどいつめをだして、輪《わ》の中《なか》にある大《おお》きなお皿《さら》にむかいます。

お皿《さら》の上《うえ》には、人間《にんげん》の男《おとこ》の子《こ》がねています。

ゾルガのつめが、男《おとこ》の子《こ》にむかってふりおろされました。

「おっと、ここまでェ」

ジンゴがスイッチを切《き》ったので、画面《がめん》が暗《くら》くなりました。

太一《たいち》は、自分《じぶん》の見《み》たものが信《しん》じられなくて、ふるえる声《こえ》でいいました。

「今《いま》の子《こ》、なかよしだったレイくんだよ。どうしてあそこにいるの？　レイくんは、どうなったの？」

ジンゴは、一番目《ばんめ》の約束《やくそく》、「ほかの人《ひと》には、しゃべれることはひみつ」をあらわすように、指《ゆび》を一本《ぽん》だけ立《た》てました。

「ぼくらのひみつゥ、だいじなひみつ。だれかにいえばァ、儀式《ぎしき》がはじまる。約束《やくそく》やぶりは、つかまえてェ。みんなのおいしいごちそうサ」

太一《たいち》は、レイくんがいなくなる直前《ちょくぜん》、ないしょ話《ばなし》をするようにいったことを思《おも》いだしました。

（ねえ、太一《たいち》くん。ぼくのリス、おしゃべりするんだよ）

そのときは、レイくんが夢《ゆめ》の話《はなし》をしているのだと思《おも》って気《き》にもとめませんでした。

でも、あのとき太一《たいち》にひみつをはなしたために、レイくんが食《た》べられてしまったのだとしたら。

自分《じぶん》も、約束《やくそく》を守《まも》らなかったら、きっと……。

太一《たいち》は、ふるえが止《と》まりませんでした。

ぞくぞくびっくり箱

迷宮《めいきゅう》の怪物《かいぶつ》

牧野節子・作　橋 賢亀・絵

あーあ。

なんか、ぱっとしないところだなあ。

いかにも、いなかの遊園地《ゆうえんち》って感《かん》じ。

ペンキのはげた木馬《もくば》が、のろのろ回《まわ》っているメリーゴーラウンド。サビのういたワゴンが、ギイギイとへんな音《おと》をたてている観覧車《かんらんしゃ》。

客《きゃく》、ほとんど、いないし。

明日《あした》にでもつぶれそうな感《かん》じ。

ぼくは、白地《しろじ》に赤《あか》い字《じ》で「ブルブルパーク パスポート」と印刷《いんさつ》された、ぺらっぺらの紙《かみ》をながめ、大《おお》きなためいきをつく。

ほんとうだったら今《いま》ごろは、都会《とかい》の大遊園地《だいゆうえんち》ドリーミーランドに、泊《と》まりがけでいってる予定《よてい》なのに。ぼくが夏休《なつやす》みに入《はい》ってすぐ、パパは病気《びょうき》になって、入院《にゅういん》してしまったんだ。

病院《びょういん》と家《いえ》を往復《おうふく》しているママに、ぼくはねだった。

「ねえ、ママとふたりだけでもいいから、ドリーミーランドにいこうよ！」

するとママは、まゆをしかめ、責《せ》めるような目《め》でぼくを見《み》た。

「リョウは、思《おも》いやりがないのね。ひとりっ子《こ》だからって、甘《あま》やかしすぎちゃったかしら。ママは病院《びょういん》に泊《と》まりこむから、リョウはしばらく、おばあちゃんのところにいってなさい」

それでぼくは、しかたなく、牛守村《うしもりむら》のおばあちゃんのところにきたんだ。おじいちゃんは、ぼくが生《う》まれる前《まえ》に死《し》んでいて、おばあちゃんは、ひとりでくらしている。

たいくつで、たいくつで、毎日《まいにち》ためいきばかりついていたら、おばあちゃんにきかれた。

「リョウ。パパのことが心配《しんぱい》なのかい？」

くてさ」

「べつにぃ。それよか、ドリーミーランドにいけなくなったことが、つまんな

「へえ、そうなのかい。だったら、この近《ちか》くにだって、いいところがあるよ」

おばあちゃんはそういうと、となりの部屋《へや》にいって、電話《でんわ》をかけていた。

「うん、ミッちゃん、そういうわけでねえ、ミッちゃんとサッちゃんのつごうのいい日《ひ》に、遊園地《ゆうえんち》につれていってやっておくれ。リョウも、あたしといくより、あんたたちといっしょのほうが楽《たの》しいだろうからねえ。もちろん、三人分《にんぶん》のあそび賃《ちん》は、あたしのおごりだよ」

おばあちゃんちから三軒《げん》むこうにある家《いえ》には、ぼくより二つ下《した》の二年生《ねんせい》のサッちゃんと、中学《ちゅうがく》三年《ねん》のミツコおねえさんがいる。今《いま》までも、おばあちゃんちにきたときに何度《なんど》かあそんだことがある。ほんとうは、ふたりのあいだにもうひとり、男《おとこ》の兄弟《きょうだい》がいるらしいけど、見《み》たことがない。入院《にゅういん》でもしてるのか

もな。

ミツコおねえさんは、黒《くろ》ぶちのメガネをかけていて、いつも文庫本《ぶんこぼん》をもっている。

サッちゃんは、ぷっくり太《ふと》っていて、いつもなにかお菓子《かし》をもっている。

どっちかが、かわいい子《こ》なら、ぼくだって、テンションがあがるんだけど、メガネとデブと遊園地《ゆうえんち》にいっても楽《たの》しくないよな。まあでも、おばあちゃんといくよりは、マシかも。

そんなわけで今日《きょう》、ぼくはこの、いなかの遊園地《ゆうえんち》にきたんだ。遊園地《ゆうえんち》までは、サッちゃんたちのお母《かあ》さんが車《くるま》で送《おく》ってくれた。

「ゆっくり遊《あそ》びなさい。あとでむかえにくるわ」

「ゆっくり」っていっても、回転木馬《かいてんもくば》と観覧車《かんらんしゃ》とコーヒーカップに乗《の》って、おばあちゃんがつくってくれたおにぎりをベンチで食《た》べたら、もう、することがなくなってしまった。

お昼《ひる》のあともサッちゃんは、ポテチとチョコをパリパリパクパク食《た》べている。

「ちぇっ、せまくて、しょぼいところだな」

ふたりにきこえないぐらいの声《こえ》でつぶやいたつもりだったんだけど。

「せまくもないし、しょぼくもないわよ」

ミツコおねえさんはメガネのフレームを人《ひと》さし指《ゆび》でくいっと押《お》しあげ、ぼくをじろっと見《み》た。それからその指《ゆび》を、すーいと回《まわ》し、ベンチのななめ後《うし》ろに見《み》えている林《はやし》をさした。

「あそこをぬけるとね、ラビリンスがあるの」

「ラビリンス？」

「ええ、迷宮《めいきゅう》ね」

「ああ、迷路《めいろ》ってやつか」

「まあね。わたしはここにいるから、ふたりでいってらっしゃい。サチコも初《はじ》めてだから」

「え、いっしょにいかないの?」

「わたしはもう、いったことがあるから」

ミツコおねえさんはそっけなくいうと、ポケットから古《ふる》ぼけた文庫本《ぶんこぼん》をとりだし、すぐにその世界《せかい》に入《はい》ってしまった。

ぼくは、サッちゃんに「いくか?」と声《こえ》をかけ、林《はやし》にむかう。林《はやし》の中《なか》を歩《ある》いていくと、五分《ふん》ぐらいで、視界《しかい》がぱあっとひらけた。

広《ひろ》い草地《くさち》があって、その真《ま》ん中《なか》に大《おお》きな建物《たてもの》がそびえたっている。金《きん》と銀《ぎん》と黒《くろ》のまだらもようの壁《かべ》。三日月《みかづき》のようにそった塔《とう》が二本《ほん》。丸《まる》みを帯《お》びてゆがんでいるへんなデザインだけど、宮殿《きゅうでん》、といってもいいような建物《たてもの》だ。

「わー、きれい!」

サッちゃんがかけだしたので、ぼくも走《はし》る。

宮殿《きゅうでん》の入《い》り口《ぐち》で、ぼくは、ぎょっとした。

異様《いよう》な人《ひと》が立《た》っていたからだ。すごくりっぱな槍《やり》をもち、牛《うし》の頭《あたま》のかぶりものをしている。遊園地《ゆうえんち》のスタッフなんだろうけど、夏《なつ》にそのかっこうは、暑《あつ》くてつらそうで、わらえる。

そいつは、ぼくとサッちゃんのパスポートを無言《むごん》でたしかめたあと、サッちゃんの頭《あたま》をなでながら、「モウ」と鳴《な》く。牛《うし》のキャラになりきっていて、うけるぜ。

やつはそれから、銀色《ぎんいろ》のドアをギギイとあけ、ぼくたちを中《なか》に押《お》しこんだ。

「いてっ、乱暴《らんぼう》だな。ったく……わっ、鏡《かがみ》？」

細《ほそ》い廊下《ろうか》は、右《みぎ》の壁《かべ》も左《ひだり》の壁《かべ》も低《ひく》い天井《てんじょう》も鏡《かがみ》で、どこを見《み》ても、ぼく、ぼく、ぼく、サッちゃん、サッちゃん、サッちゃん。いや、それだけじゃない。ぼくとサッちゃんのすがたに重《かさ》なって、だれのものともわからない無数《むすう》の目《め》が、目《め》が、目《め》が、こっちを見《み》ている。

「リョ、リョウちゃん、気《き》もち悪《わる》いよう」

サッちゃんがぼくの手《て》をぎゅっとにぎった。ポテチとチョコでべたべたの手《て》。

「おまえの手《て》も気《き》もち悪《わる》いよ！」と、ほんとうだったら、はねのけたいのに、ぼくもサッちゃんの手《て》を、ぎゅっとにぎりかえしてしまった。

「だ、だよな。二年生《ねんせい》の小《ちい》さい子《こ》には、このアトラクション、ちょっとやばいよな。やめとこうか。よし、もどって、でよう、でよう」

ところが、入《い》り口《ぐち》をふりかえってもドアはなく、鏡《かがみ》ばりの廊下《ろうか》がつづいているだけだった。

「げっ、なんでだ？　マジかよ」

しかたない。進《すす》むしかない。幸《さいわ》い、床《ゆか》だけは鏡《かがみ》じゃない。大理石《だいりせき》っていうのかな？　なんか、つるつるすべるけど。ぼくはなるべく床《ゆか》を見《み》て、右手《みぎて》をサッちゃんとつなぎ、左手《ひだりて》で壁《かべ》をつたって歩《ある》いていった。

ありゃ、ゆきどまり。じゃあ、こっちか。ちぇっ、こっちもダメか。

ピシッ。

ん？　なんだ、この音《おと》は。

ピシピシッ……、ピシピシピキピキピキピキ！

「わっ、リョウちゃん、目《め》が、目《め》が、鏡《かがみ》が！」

三方《さんぽう》の鏡《かがみ》の中《なか》の数個《すうこ》の目《め》が、ピカピカッと、とつじょ光《ひか》る。光《ひか》った目《め》のところから鏡《かがみ》がひび割《わ》れ、かけらがザクザクと落《お》ちはじめる。

「やべっ、急《いそ》ごう！」

サッちゃんの手《て》を強《つよ》く引《ひ》っぱり、走《はし》りだす。けど、あせったぼくはツルッ、コテンと転《ころ》び、サッちゃんも転《ころ》んで、泣《な》きだしてしまった。

「うわーん！」

ぼくはすぐに起《お》きあがったが、サッちゃんは泣《な》いたままうごかない。ピシピシピキピキピキピキッ、割《わ》れる鏡《かがみ》が後方《こうほう》からせまってくる。

「置《お》いてくぞ」

ひとりでいこうとしたら、べたべたの手《て》で、足首《あしくび》をくいっとつかまれた。

「ったく、この足手《あしで》まといめ！」

ぼくはサッちゃんの体《からだ》をかかえあげて走《はし》る。ビキビキビキビキガシャガシャガシャーン！

「うわ―――ん！」

どこをどう、走《はし》ったんだろう。

気《き》がつくとぼくは、黒《くろ》いドアの前《まえ》にいた。ぬけてきた通路《つうろ》には、鏡《かがみ》のかけら

が無数《むすう》に散《ち》らばっている。ぼくは、ほおと足《あし》に、サッちゃんは腕《うで》に、切《き》り傷《きず》を負《お》ってしまった。

「ひどいよ、おまえのねえちゃん。こんな危険《きけん》なところだって知《し》ってて、こさせたのかよ」

ぼくは、次《つぎ》のドアをあける勇気《ゆうき》がわいてこない。でも鏡《かがみ》の残骸《ざんがい》の上《うえ》をもどっても、さっきの入《い》り口《ぐち》を見《み》つけられる可能性《かのうせい》は低《ひく》いだろう。

「しょうがない。いくぞ」

ぐずっているサッちゃんをむりやり立《た》たせ、思《おも》いきって、黒《くろ》いドアをあけた。

「……ほら穴《あな》？」

角《かく》ばっていた鏡《かがみ》の通路《つうろ》とはちがって、筒《つつ》のような通《とお》り道《みち》がつづいている。

「うえー、なんだこれ、ネバネバしてる」

カーブした床《ゆか》は粘着力《ねんちゃくりょく》があり、足《あし》がはりつき、前《まえ》になかなか進《すす》めない。ぼくは、おばあちゃんちの台所《だいどころ》に置《お》いてある、ゴキブリをとるしかけのことを思《おも》いだし、なんだか自分《じぶん》もゴキブリになったような気《き》がした。

ネバネバ、パリリリ……ベッチャーン！

はりついた足《あし》をはがしそこねたサッちゃんが転《ころ》んで、全身《ぜんしん》ネバネバになり、

「うっ、うっ、気《き》もち悪《わる》いよう」

また泣《な》きだしてしまった。

『……るいよう、いよう、よう、よう、よう』

すると枝《えだ》わかれした通路《つうろ》のあちこちからいっせいに、こだまがきこえてきた。

しかも、すごい大音量《だいおんりょう》で。ぼくは思《おも》わず耳《みみ》をふさぐ。

「うわあ、かんべんしてくれー！」

『……てくれー、くれー、くれー、くれー』

げっ、まずった。ぼくは自分《じぶん》の口《くち》をふさぎ、泣《な》きわめくサッちゃんの口《くち》も手《て》

でおさえた。

「わあーん……むぐっ、ぐぐぐ」

そうしてサッちゃんの耳《みみ》に口《くち》をよせ、小《ちい》さな声《こえ》でいう。

「だまれ、だまるんだ。ここを出《で》たら、ポテチとチョコ、死《し》ぬほど買《か》ってやるから」

サッちゃんが涙目《なみだめ》のまま、うなずいたとき、こだまとはちがった音《おと》が、遠《とお》くのほうからきこえた。キーン、クワンクワン……、な、なんだ？

音《おと》のするほうにぼくは目《め》をむける。正面《しょうめん》の通路《つうろ》は平《たい》らだが、左側《ひだりがわ》にのびている通路《つうろ》はのぼり坂《ざか》で、そっちのほうからきこえてくる。ギーン、グワングワングワン……あ、見《み》えた！

「きゃーっ！」

サッちゃんが金切《かなき》り声《ごえ》をあげる。宙《ちゅう》にういた黒《くろ》く巨大《きょだい》な岩《いわ》が、ぐわんぐわんと回転《かいてん》しながらを空《そら》をとび、眼前《がんぜん》までせまってきていた。

「あぶなっ！」

床《ゆか》にはりついていたサッちゃんの体《からだ》をバリリッ！　ぼくは強引《ごういん》にはがし、とっさにとびのいた。ギュイーン、グワワワーン！ドドーン！　一瞬《いっしゅん》の差《さ》で岩《いわ》はぼくたちの横《よこ》すれすれにとび、壁《かべ》に激突《げきとつ》！　壁《かべ》は粉々《こなごな》にくだけちった。

くだけた音《おと》とサッちゃんの泣《な》き声《ごえ》とがまざりあったこだまが、ほら穴迷路《あなめいろ》にしばらく鳴《な》りひびいていた。それがようやくおさまったとき、サッちゃんがぼくに、ぽつりといった。

「ありがとう」

『……りがとう、がとう、とう、とう、とう』

小《ちい》さなこだまが、ぼくの胸《むね》をくすぐる。ぼくはかがんで、サッちゃんに背中《せなか》をむけた。

「乗《の》りな。そのほうが早《はや》くいけそうだ」

サッちゃんをおぶって、ぼくは前進《ぜんしん》する。ネバネバ、パリパリッ、ネバネバ、パリパリッ、はりついた足《あし》をはがして一歩《ぽ》、反対側《はんたいがわ》の足《あし》をはがして、また一歩《ぽ》。

いったい何《なん》百回《かい》、何《なん》千回《かい》、そうしただろう。何度《なんど》もゆきどまりにつきあたり、金色《きんいろ》のドアにたどりついたときには、全身《ぜんしん》が汗《あせ》でべとべとになっていた。

サッちゃんが、ぼくの背中《せなか》からおりて、さっきよりもっと、やわらかな声《こえ》でいった。

「リョウちゃん、ありがとう」

こだまはもう、きこえなかった。

ふりかえると、黒《くろ》いほら穴《あな》がうねうねとつづいているのが見《み》える。ぬけてこられたのが、ふしぎな感《かん》じがする。

これはもう、アトラクションなんかじゃない。ぼくたちは、なんだかわけのわからない世界《せかい》に迷《まよ》いこんでしまったんだ。ぬけださなきゃ。とにかく早《はや》く、ぬけださなきゃ！

金色《きんいろ》のドアをあけて、中《なか》に入《はい》ったとき、ぼくは吐《は》きそうになった。鏡《かがみ》の迷路《めいろ》には無数《むすう》の目《め》が映《うつ》っていたけれど、ここの壁《かべ》には無数《むすう》のくちびるが立体的《りったいてき》にうきでているのだ。てらてらと光《ひか》りながら。ぬめぬめとうごきながら。

「あああ……」

ぼくにしがみついたサッちゃんのふるえが、ぶるぶると伝《つた》わってくる。

それでも、この迷路《めいろ》は幅《はば》も広《ひろ》いし、歩《ある》きにくいということもなかったので、ぼくはとにかく早足《はやあし》で進《すす》む。サッちゃんもついてくる。

進《すす》むにつれて壁《かべ》のくちびるは、だんだん大《おお》きくなってくる。はじめはぼくたちのくちびると同《おな》じぐらいだったのに、そのうち頭《あたま》ぐらいに、それから車《くるま》の夕イヤぐらいの大《おお》きさになる。あちこち迷《まよ》ったあと、広《ひろ》い部屋《へや》のような場所《ばしょ》にでると、正面《しょうめん》の壁《かべ》に、壁《かべ》からはみでそうなぐらいのくちびるが、うごめいていた。

「どっちじゃー、どっちじゃー」

うわっ、しゃ、しゃべった！　低《ひく》くて、かすれた声《こえ》。どっちって？　なんのことだろう。

「わしは、はらがへったー」

肉色《にくいろ》のくちびるからのぞく、ピンク色《いろ》の舌《した》。ぴちゃぴちゃと舌《した》なめずりをしている。金色《きんいろ》の歯《は》がカチカチと、ぶきみな音《おと》をたてている。

「いけにえの子《こ》は、どっちじゃー」

い、いけにえ？　ど、どういうことだよ。

「おまえか、ぼうずー」

ぐわっ！　くちびるが大《おお》きくあいた。やだ、いやだ、こんなところで死《し》にたくないよ！

「ぼくじゃない、この子《こ》だ！　この子《こ》のほうがおいしいんだ。ほら、こんなに太《ふと》っているし」

ぼくは、ぼくにしがみついているサッちゃんの体《からだ》を、ぐいっと横《よこ》だきにした。

「……リョウちゃん？」

サッちゃんの声《こえ》はふるえていた。ぼくはサッちゃんの顔《かお》を見《み》ずに、そのままいきおいをつけて投《な》げいれた。くちびるの、中《なか》に。

「わあああ！」

そのさけび声《ごえ》が、サッちゃんのだったのか自分《じぶん》のだったのかもわからないまま、ぼくはかけだした。早《はや》く、早《はや》く、ここから出《で》なくちゃ！　壁《かべ》にうきでているたくさんのくちびるが、ぼくをあざわらっている。

「がははは」「はくじょうもの」「ぎひひひ」「ひとでなし」「ごほほほ」

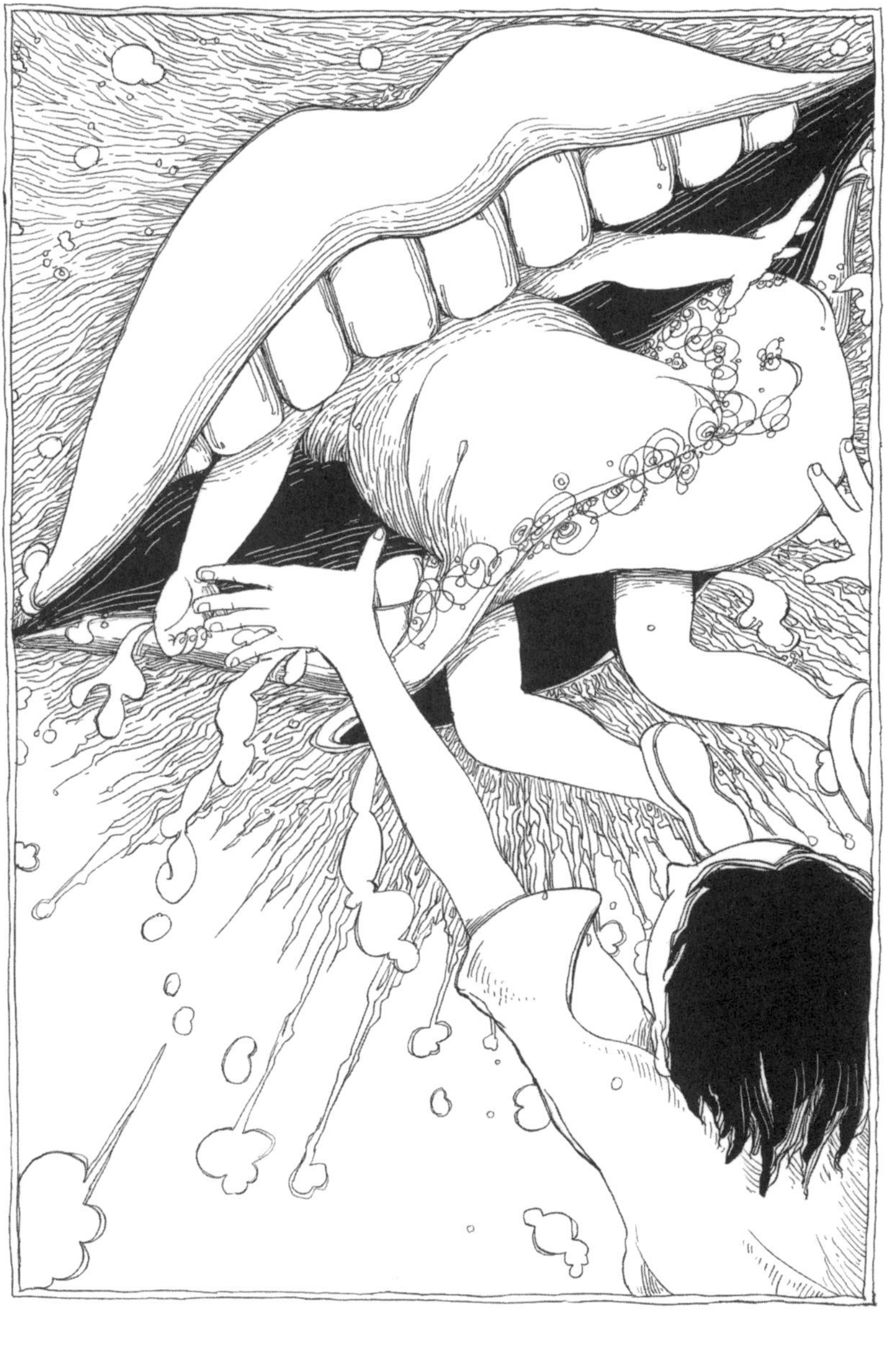

「極悪人《ごくあくにん》」「げへへへへ」。

耳《みみ》をふさぎ、ぼくは走《はし》る。やみくもに走《はし》る。何度《なんど》も転《ころ》び、また起《お》きあがっては走《はし》る、走《はし》る、走《はし》る……。


いつのまにかぼくは、宮殿《きゅうでん》の外《そと》にいた。どこからでることができたんだろう。

宮殿《きゅうでん》の壁《かべ》には、出口《でぐち》らしきものは見《み》あたらなかった。

ふと見《み》ると、金色《きんいろ》のワゴンが置《お》いてあり、その上《うえ》に、文字《もじ》が記《しる》された一枚《まい》の紙《かみ》がある。

『ラビリンスをぬけることができたきみに——おめでとう。これはおみやげじゃ』

そうして、入《い》り口《ぐち》のところの人《ひと》がかぶっていたような、牛《うし》の頭《あたま》のかぶりものが置《お》いてあった。ぼくはそれを手《て》にとると、宮殿《きゅうでん》をふりかえりふりかえり、林《はやし》にむかって歩《ある》いた。草原《そうげん》に落《お》ちる夕日《ゆうひ》が、宮殿《きゅうでん》を赤《あか》く染《そ》めていた。

ミツコおねえさんはまだ、ベンチにすわっていた。ぼくが近《ちか》づくと、気配《けはい》を感《かん》じたのか、ふりかえった。

「お帰《かえ》り。楽《たの》しんできた？　あれ？」

「あの……ぼく、ぼく、サッちゃんを……で、でも、ぼく、あそこが、あんなところだとは」

「ああ、だいじょうぶよ。あの子《こ》はいい子《こ》だから。いい子《こ》は帰《かえ》ってくるのよ」

「え？」

ぼくはなんだか、わけがわからなかった。

日《ひ》が落《お》ちて、遊園地《ゆうえんち》の舗道《ほどう》の街灯《がいとう》が、ぽつ、ぽつ、とつきはじめる。そのときふと、ミツコおねえさんがもっている文庫本《ぶんこぼん》のタイトルが目《め》にとまった。

「その本《ほん》……『迷宮《めいきゅう》の怪物《かいぶつ》』って」

「ああ。これは、牛守村《うしもりむら》の出身《しゅっしん》の作家《さっか》が書《か》いた小説《しょうせつ》よ。小説《しょうせつ》っていっても、ほとんどノンフィクション、ほんとうの話《はなし》だけどね」

「怪物《かいぶつ》……あの中《なか》に、たくさんいるの？」

無数《むすう》の目《め》、そして、無数《むすう》のくちびる。

「なにいってるの。怪物《かいぶつ》は、ひとりよ」

「ひとり？　もしかして、入《い》り口《ぐち》にいた人《ひと》？」

「あれは、番人《ばんにん》。怪物《かいぶつ》はね、あの宮殿《きゅうでん》そのもの。すがたは怪物《かいぶつ》だけど、村《むら》の守《まも》り神《がみ》のような存在《そんざい》なの。だから、こわくはないのよ」

「で、でも、いけにえって……」

「怪物《かいぶつ》の好物《こうぶつ》は、草《くさ》。宮殿《きゅうでん》のまわりは、草《くさ》でいっぱいだったでしょう。村《むら》の人《ひと》たちが輪番《りんばん》で、草原《そうげん》の手入《てい》れはかかさないから、怪物《かいぶつ》はいつだって、満腹《まんぷく》のはずよ。ラビリンスはね、この村《むら》の血《ち》をひく子《こ》たちにむけての、ある種《しゅ》のテストなの」

「テスト？　テストって……」

「リョウくんは、不合格《ふごうかく》！　だってきみ、サチコを犠牲《ぎせい》にしちゃったんでしょう？」

「え？　で、でも、さっき、ミツコおねえさんは、サッちゃんはだいじょうぶだって……」

ぼくはますます、わけがわからなくなる。

「はははははは！」

ミツコおねえさんは急《きゅう》に、かんだかい声《こえ》でわらいだした。

「うそよ、うそ。いまはなしたことは全部《ぜんぶ》うそ。いなかの遊園地《ゆうえんち》にしては、高度《こうど》なアトラクションだったでしょう？　リョウくんが、しょぼいとかいってたから、ちょっとしゃくにさわって、だましてみただけよ。サチコも、もうそろそろでてくるから、安心《あんしん》しなさい」

「そうなの？　なあんだ、かんべんしてよ」

「ふふ、ごめんね。ああ、そのおみやげ、おもしろいわよね。ちょっとかぶってみれば？」

「ああ、これ？」

ぼくは、手《て》にしていた、牛《うし》の頭《あたま》のかぶりものを、自分《じぶん》の頭《あたま》に、すっぽりとはめてみる。

「あら、とてもよくにあうわ」

「そ、そう？」

「あ、サチコが帰《かえ》ってきたわ」

かぶりもののまま、ふりむくと、サッちゃんが、男《おとこ》の子《こ》と手《て》をつないで、林《はやし》から出《で》てくるのが見《み》えた。だれだ？　あの男《おとこ》の子《こ》。

「お帰《かえ》り、キリト」

「うん、おねえちゃん、今《いま》まで、ごめんよ」

「キリトおにいちゃん、やさしくなってるよ」

サッちゃんが、やわらかくほほえんでいる。

「前《まえ》はひどかったもんね。わたしにもサチコにも乱暴《らんぼう》をして。迷宮《めいきゅう》に入《はい》ったときも、わたしをくちびるに投《な》げ入《い》れたし。でもやっと、番人《ばんにん》のしごとも終《お》わりね。番人《ばんにん》は、牛守村《うしもりむら》の血《ち》をひく子《こ》の中《なか》で、いちばん性格《せいかく》に問題《もんだい》のある子《こ》が、やることに決《き》まっているから」

……なんだ？　なんか、話《はなし》がおかしいぞ。ぼくは三人《にん》の話《はなし》をじっくりきこうと思《おも》い、かぶりものをはずしにかかる。でも……。

「うわわわわわわー！　はずれないよー！」

いくら力《ちから》を入《い》れても、牛《うし》の頭《あたま》は、ぼくの頭《あたま》にぴったりはりついて、はなれないんだ。

「もうわかったでしょう、リョウくん。リョウくんのご家族《かぞく》には、わたしから連絡《れんらく》しておくわ。おばあさんもおかあさんも心配《しんぱい》してらしたけど、こうなってしまった以上《いじょう》、しかたないわね」

「そ、そんな！　いやだ、やだよ！　ぼく、いつまでこんな頭《あたま》でいなくちゃいけないんだ」

「それは、次《つぎ》の子《こ》があらわれるまでよ。がんばって、番人《ばんにん》をしてちょうだい。たいくつでしかたないでしょうから、これでも読《よ》んで」

ミツコおねえさんが、文庫本《ぶんこぼん》をさしだす。

「バトンタッチだ！」

キリトも、手《て》にしていたものをさしだす。

「これを、たいせつにして。ぼくも怪物《かいぶつ》に、そういわれたんだ」

ずしっ。ぼくの手《て》に、重《おも》い槍《やり》がわたされた。

重《おも》い槍《やり》……思《おも》いやり？

やりきれなくなったぼくはもう一度《いちど》さけぶ。

わあああ！　けれどその声《こえ》は、もはや、ぼくのものではなくなっていて、

「モウウウウ！」

夜空《よぞら》にむなしく、すいこまれていった。

ねだりわらし

毛利まさみち・作　亀岡亜希子・絵

四年生《ねんせい》の夏休《なつやす》みを、おばあちゃんの家《いえ》ですごしている。

「美香《みか》、もうお外《そと》は真《ま》っ暗《くら》よ、テレビばかり見《み》てないで！　こっちにいるあいだに、宿題《しゅくだい》すませておくんじゃなかったの？」

夕飯《ゆうはん》のあとテレビを見《み》ていて、ママにしかられてしまった。

中国山地《ちゅうごくさんち》の山《やま》やまにかこまれたこの家《いえ》のまわりは、夜《よる》は不気味《ぶきみ》なほどの暗《くら》やみの世界《せかい》になる。今夜《こんや》のように、風《かぜ》で庭《にわ》の木《き》がザワザワとゆれただけでも、ただならぬ気配《けはい》を感《かん》じてしまう。

「テーブルの上《うえ》をかたづけて、ダイニングのテレビは消《け》しといてね」

ママはそういって、おばあちゃんの部屋《へや》にお茶《ちゃ》を運《はこ》んでいった。

二百年以上《ねんいじょう》も昔《むかし》に建《た》てられたというこの家《いえ》に、少《すこ》し前《まえ》まではダイニングルームなんてものはなかった。土間《どま》にすえられた『かまど』に薪《まき》をくべて、ご飯《はん》やお汁《しる》をつくり、座敷《ざしき》で食事《しょくじ》をしていたのをおぼえている。

わたしが小学校《しょうがっこう》に上《あ》がってすぐ、新《あたら》しくなおしたのだ。そのリフォームのときに、広《ひろ》い座敷《ざしき》をわけていたふすまが、あつい壁《かべ》になり、三方《さんぽう》を壁《かべ》にかこまれた部屋《へや》がひとつだけできた。廊下側《ろうかがわ》だけが障子戸《しょうじど》になっているが、テレビの音《おと》もきこえないしずかな部屋《へや》だ。

「テレビがあると、宿題《しゅくだい》ができないでしょ」

ママにそういわれ、今日《きょう》からその部屋《へや》を使《つか》うことになった。ダイニングから廊下《ろうか》にでて、つきあたりの階段《かいだん》の手前《てまえ》にある。

部屋《へや》にいき、小《ちい》さな座卓《ざたく》の上《うえ》にドリル帳《ちょう》をひろげた。宿題《しゅくだい》はそんなに多《おお》いわけじゃない。でもドリル帳《ちょう》があと少《すこ》しと、『夏休《なつやす》みの思《おも》い出《で》』の作文《さくぶん》が残《のこ》っている。

あさっての金曜日《きんようび》にパパがきて、次《つぎ》の日《ひ》には広島《ひろしま》の家《いえ》に帰《かえ》るので、それまでにはすませたかった。

ドリル帳《ちょう》を五ページもやって時計《とけい》を見《み》ると、いつもならとっくにねている時《じ》間《かん》だった。だけど、なぜかねむくはない。とりあえず、ふとんにもぐりこみ、家《いえ》からもってきていた本《ほん》を読《よ》みはじめた。

風《かぜ》が強《つよ》くなったのか、古《ふる》い雨戸《あまど》が、カタカタ、ギシギシ、と音《おと》をたてている。

しばらくして、やっと、目《め》がショボショボしてきた。

(もう、だめ……。ねよう……。)

まくらもとの電気《でんき》スタンドを消《け》そうとしたとき、なにかがきこえた。

シクシク…、グスン。シクシク…。

さいしょは、雨戸《あまど》の音《おと》なのかと思《おも》った。でもそうではなく、どこかでだれかが、すすり泣《な》いている声《こえ》のようだ。この部屋《へや》にいるのはわたしだけなので、壁《かべ》のむこうからきこえてくるとしか考《かんが》えられない。

泣《な》き声《ごえ》は、しばらくやまなかった。

（……ママが泣《な》くわけないし、おばあちゃんが、また腰《こし》がいたいって泣《な》いているのかなあ……）

そんなことを考《かんが》えているうちに、なにもきこえなくなった。わたしは、いつのまにかねむってしまったらしい。


いつもより少《すこ》し遅《おそ》く起《お》きると、朝《あさ》ご飯《はん》のしたくができていた。おばあちゃんは、もうミソ汁《しる》をすすっている。

きのうの夜《よる》のことを、ふたりにたずねてみた。

「えっ。泣《な》き声《ごえ》なんか、きこえなかったわよ。だれも泣《な》いてないし……」

こっちの部屋《へや》には、きこえてなかったみたいだ。わたしが首《くび》をかしげると、おばあちゃんが身《み》をのりだしてきた。

「……泣《な》き声《ごえ》なあ。そりゃあ、この家《いえ》にすみついとる『ねだりわらし』ちゅう、おばけだろうで」

ねだりわらし？

おばあちゃんは生《う》まれたときから、この家《いえ》に住《す》んでいる。

「ねだりわらし？ ……座《ざ》しきわらしなら、美香《みか》も知《し》ってるけど」

「まあ、座《ざ》しきわらしのなかまみたいなもんで、子《こ》どものおばけじゃ。こげな昔《むかし》の古《ふる》い家《いえ》にだけ、すみついとるでな。ここらで昔《むかし》の家《いえ》ゆうたら、もうウチしか残《のこ》っちゃないがのう」

このあたりも人《ひと》が少《すく》なくなって、古《ふる》い家《いえ》は取《と》りこわされているのだ。

「ばあちゃんの妹《いもうと》が、小学生《しょうがくせい》ンときにおうたとゆうとった。妹《いもうと》はこわがり者《もの》じゃったで、それからはいつもだれかとねるようになったけどな」

「おばあちゃんの妹《いもうと》さんって、外国《がいこく》にいる、おばさんのこと？」

わたしのかわりに、ママがききかえした。

「……そう、そう、ブラジルとかアマゾンとか、ゆうとった。じゃけど、若《わか》いときにいってしもうたきりで、帰《かえ》ってくることがないでなあ」

外国《がいこく》に親《しん》せきのおばさんがいることはきいているけど、わたしはあったことがない。

「ねだりわらしは、なにかを『おねだり』して泣《な》くだけで、なんも悪《わる》さはせんでよ。妹《いもうと》のときもそうじゃったが、子《こ》どもがひとりでおる夜《よる》にしかでんしな」

なんだか、おもしろそうな話《はなし》だ。子《こ》どもがひとりのときにしかでないのは、きっと、はずかしがり屋《や》さんにちがいない。わたしは、そのおばけに、あってみたくなった。

「……ね、おばあちゃん。泣《な》いておねだりされたら、どうしたらええん？」

「おねだりされたものを渡《わた》せば、泣《な》きやむらしいで。じゃけど、ひとつ渡《わた》すと、くせになるでな。知《し》らんふりして、ほっとけばでてこんようになる。ファッ、ファッ、ファッ……」

おばあちゃんは、歯《は》がぬけた口《くち》を大《おお》きくあけてわらった。

「家《いえ》にすみついているのなら、外《そと》にはでられないわね。この家《いえ》もいつかはなくなるのに、ねだりわらしはこまるわね」

ママもわらっている。この話《はなし》を、信《しん》じていないようだ。

だけど、本当《ほんとう》にこの昔《むかし》の家《いえ》がなくなったら、ねだりわらしはどうなってしまうのだろう？

ねだりわらしの話《はなし》のつづきがはじまったのは、夕食《ゆうしょく》のときだ。

「美香《みか》、こっちの部屋《へや》で、ママといっしょにねる？」

「ううん。もう今日《きょう》と明日《あした》だけだから、あの部屋《へや》でいい」

お盆《ぼん》やお正月《しょうがつ》だと、あの部屋《へや》はパパや親《しん》せきの大人《おとな》たちが使《つか》う。わたしみたいな子《こ》どもがひとりで使《つか》えるのは、こんなときだけだ。

「美香《みか》は、ホントにこわいもの知《し》らずというか…。なにも、おばけがでそうな部屋《へや》でねなくてもいいでしょうに」

「でも、おばけは、もうでないかも。きのう泣《な》いてたのに、ほっといたから」

悪《わる》さをしない、子《こ》どものおばけならこわくない。……ホントはちょっとだけこわいけど、あえるチャンスは広島《ひろしま》に帰《かえ》るまでの、あとふた晩《ばん》しかない。もしあえたら、『夏休《なつやす》みの思《おも》い出《で》』の作文《さくぶん》のテーマは決《き》まりだ。

夕食《ゆうしょく》がすみ、夜《よる》になった。わたしは食《た》べかけのチョコ菓子《がし》の袋《ふくろ》をもって、部《へ》屋《や》にもどった。もしかしたら、このお菓子《かし》をおねだりしたくて、ねだりわらしが姿《すがた》を見《み》せるかもしれない。

ひとつ渡《わた》せばくせになる、といわれた。だけど、お菓子《かし》がなくなってしまえば渡《わた》しようがない。

やりのこしていたドリル帳《ちょう》を全部《ぜんぶ》すませたころには、ママたちもねてしまい、家《いえ》の中《なか》はしずまりかえっていた。

きのうの本《ほん》のつづきを読《よ》みながら、お菓子《かし》を、ボリッ、とかじった。しんとした部屋《へや》に、その音《おと》がやけに大《おお》きくひびく。

本《ほん》を読《よ》みおえてしまいそうなのに、なにも起《お》きない。お菓子《かし》は、あと二こしか残《のこ》ってなかった。

ねだりわらしは、もうでてきそうにない。ならば食《た》べてしまおう——と、袋《ふくろ》に手《て》を入《い》れた、そのときだ。

……シクシク、シクシク……、シクシク……。

背中《せなか》のほうで、声《こえ》がきこえた！

（……うわ、でたっ。ねだりわらしだ！）

わたしの胸《むね》は、ドッキン、ドッキン、と高鳴《たかな》りだした。やっぱりこわいと思《おも》うのと、いよいよあえるかも、という期待感《きたいかん》。

だけど、ここは落《お》ちつかなくっちゃ……！

少《すこ》しふるえている指先《ゆびさき》で、お菓子《かし》をつまんだ。すると――。

グスン。シクシク…。

泣《な》き声《ごえ》が、にわかに大《おお》きくなった。

そっと後《うし》ろに首《くび》をひねってみたけど、だれもいない。それでも泣《な》き声《ごえ》は、後《うし》ろからきこえてくる。

じっと目《め》をこらしていると、ふしぎなことが起《お》きた。後《うし》ろのタタミの上《うえ》に影《かげ》のようなものが、もや～っとうきでてきたのだ。それが少《すこ》しずつ立《た》ちあがって、ぼんやりと人《ひと》の形《かたち》になってくる。

ママにこわいもの知《し》らずといわれたわたしも、このときは、ぞ、ぞ、ぞっ、と鳥《とり》はだが立《た》った。

ねだりわらしの姿《すがた》が、はっきり見《み》えてきた。

男《おとこ》か女《おんな》かはわからないけど、おかっぱ頭《あたま》で、二つか三つぐらいの子《こ》どものようだ。ほおが、えびすさんのようにふくらんでいて、三角《さんかく》おむすびみたいな顔《かお》の形《かたち》をしている。

あずき色《いろ》の着物《きもの》の短《みじか》いすその下《した》には、おばけなのに足《あし》もちゃんとある。

はだが青白《あおじろ》いのは外《そと》にでられなくて、お日《ひ》さまにあたっていないせいだろう。

シクシク…、シクシク…、グスッ…。

ねだりわらしが鼻《はな》をすすって、ぴたりと泣《な》きやんだ。

悲《かな》しそうな顔《かお》で、わたしのほうを指《ゆび》さしている。お菓子《かし》をねだっているようにしか見《み》えない。

見《み》ていたら、ふつうの子《こ》どもとちっともかわらなくて、おばけとは思《おも》えなかった。

「これがほしいの？　……こっちに、おいで」

なんだかおどおどしていて、ちかよってこない。ぎゃくに、わたしをこわがっているみたいだ。

ところが、もう一度《いちど》いったときに、おどろくことが起《お》きた。

「こわがらなくてもいいよ。ほら……」

そういいおえたときには、ねだりわらしは、わたしの目《め》の前《まえ》に立《た》っていたのだ。歩《ある》いたのも、足《あし》がうごいたのも、わたしには見《み》えなかった。一瞬《いっしゅん》で、移動《いどう》したみたいだった。

やっぱり、ふつうの子《こ》じゃなかった。びっくりしたわたしは、もう少《すこ》しでもっていたお菓子《かし》を落《お》としてしまうところだった。

「……こ、これあげる。……すわって食《た》べてね」

するとここで、またおどろかされた。ねだりわらしは、わたしが左手《ひだりて》でつまんでいたチョコ菓子《がし》ではなく、袋《ふくろ》のほうに手《て》をのばしてきた。と思《おも》ったら、その手《て》が、わたしの右腕《みぎうで》をつかもうとしたのだ。

「……だめっ!　……お菓子《かし》は、こっちよ」

思《おも》わず手《て》をふりはらうと、ねだりわらしは口《くち》を「へ」の字《じ》にして、うらめしそうな顔《かお》をした。それでも、もう一度《いちど》お菓子《かし》をさしだすと、こんどは指先《ゆびさき》でうけとってくれた。

だけど、今《いま》のは、いったいなに？　なぜ、腕《うで》をつかもうとしたのだろう。袋《ふくろ》ごと、うばおうとしたのだろうか。それにしても、さわられたときのその手《て》は、ぞっとするほどつめたかった
でも、ちょこんと正座《せいざ》してお菓子《かし》を食《た》べている姿《すがた》は、かわいい。ハムスターが、ヒマワリのタネを食《た》べるときのしぐさとそっくりだ。

「……ねえ、あなたのお名前《なまえ》は？」

食《た》べるのに夢中《むちゅう》で返事《へんじ》はなく、顔《かお》をわずかにあげただけだった。

さっきから思《おも》っていたけど、この子《こ》のひとみは、すごく大《おお》きくて真《ま》っ黒《くろ》。じっと目《め》を見《み》ていると、ひとみの中《なか》の深《ふか》い暗《くら》やみにすいこまれてしまいそうだ。

シクシク…、シクシク…。

ひとつ食《た》べきってしまうと、わたしの手《て》もとを、じっと見《み》つめている。やっぱり、ひとつあげたのが、くせになったみたいだ。

「ふふふ……。もうこれひとつしかないけど、あげるわね」

でも、その最後《さいご》のひとつも食《た》べおえて、また泣《な》きはじめたのにはこまった。

——そうだ、なにかを手《て》にもたせれば、泣《な》きやむかもしれない。

「ほらっ、シャーペンかしてあげる。ここに、名前《なまえ》を書《か》いてみる？」

思《おも》ったとおり、シャープペンを渡《わた》すと、泣《な》きやんでくれた。たどたどしい手《て》つきで、ドリル帳《ちょう》の余白《よはく》に文字《もじ》を書《か》いている。

カタカナで、『カツ』と書《か》いてあった。

「……ふうん。字《じ》が書《か》けるのね。……カツって名前《なまえ》なの？　もしかして、カツオ、……カツ子《こ》、なのかな？　……ま、いいか。カッちゃんだね」

ところが、カッちゃんはそれには答《こた》えずに、また泣《な》きだしてしまったのだ。

なぜか、泣《な》きながら、わたしの右手《みぎて》を指《ゆび》さしている。わたし、手《て》にはなにももっていないのに。

「……そうか、握手《あくしゅ》をおねだりしてるのかな？」

さっきのあのつめたい感触《かんしょく》を思《おも》いだしたけど、しかたがない。わたしは、こわごわと右手《みぎて》をさしだした。するとなぜか、カッちゃんは指《ゆび》をからませてきた。

カッちゃんが、なみだ目《め》でわたしを見《み》つめている。見《み》つめられると、どうしても見《み》つめかえしてしまう――、そのときだった！　いきなりカッちゃんの目《め》がつりあがり、黒《くろ》いひとみが血《ち》のような真《ま》っ赤《か》な色《いろ》にかわった。

「きゃっ、目《め》が……！」

わたしはこのとき、そんな悲鳴《ひめい》をあげた――と、思《おも》う。

あわてて、手《て》をはなそうとした。ところがカッちゃんの指《ゆび》が、ぎゅっとからんでいる。とても子《こ》どもとは思《おも》えないほど力《ちから》が強《つよ》く、いくらふりほどこうとしてもはなれない。

カッちゃんが、初《はじ》めて笑《え》みをうかべた。だが、その目《め》は、不気味《ぶきみ》に赤《あか》く光《ひか》っている。

(……お願《ねが》い。手《て》をはなして……!)

声《こえ》が、でない。右手《みぎて》に、みょうな感触《かんしょく》があった。指先《ゆびさき》から、腕《うで》、肩《かた》へと、なにかがゾワゾワと、はいのぼってくる、そんな感《かん》じだ。

わたしの心臓《しんぞう》は、ドクッ、ドクッ、とはげしく波《なみ》うち、体《からだ》じゅうの血管《けっかん》が大《おお》きくふくらんだ。まるで体内《たいない》の血《ち》が外《そと》にながれでて、べつの血《ち》が無理《むり》やり入《はい》ってきているかのようだ。

わたし、どうなるんだろう——こわい! もう、目《め》をあけていることも、す

カッ

わっていることもできなかった。頭《あたま》がクラッとして、すうっと深《ふか》いあなの中《なか》に落《お》ちていくみたいに、気《き》が遠《とお》のいていった。

ねむったとしても、ほんのいっときのはず。なのに、まぶたをひらくと、わたしは真《ま》っ暗《くら》やみの中《なか》に横《よこ》たわっていた。

でも、なにかがへんだ。暗《くら》やみなのにまわりがくっきりと見《み》える。目《め》の前《まえ》にある大《おお》きな木箱《きばこ》や、古《ふる》いタンス、どれも見《み》おぼえがあった。わたしはいつのまにか、物置《ものおき》に使《つか》われている二階《かい》の部屋《へや》にいたのだ。

（……どうやって、二階《かい》に上《あ》がったんだろ？　カッちゃんもいない……）

――とにかく自分《じぶん》の部屋《へや》にもどろうと思《おも》った。すると、信《しん》じられないことが起《お》きた。そう思《おも》った瞬間《しゅんかん》に、わたしは一階《かい》の、あの部屋《へや》に立《た》っていたのだ。

階段《かいだん》を使《つか》わずに一階《かい》におりたなんて、きみょうな話《はなし》だ。でも、このときわたしは、もっとたいへんなことが起《お》きていることに気《き》づいた。

なんと、着《き》ていたパジャマが、たけの短《みじか》い着物《きもの》になっている。それだけじゃなく、わたしの背《せ》たけも、半分《はんぶん》ぐらいにちぢんでしまっていた。もしやと思《おも》って頭《あたま》に手《て》をやると、じまんの長《なが》い髪《かみ》が消《き》えて、ポニーテールは、おかっぱ頭《あたま》になっていた。

(……こ、これって、どうして？　……わたし、ねだりわらしになってしまった！)

そのとき廊下《ろうか》のむこうから、ママの声《こえ》がきこえた。

そうだ、ダイニングにいってみよう——と、思《おも》った瞬間《しゅんかん》、廊下《ろうか》のはしにある、ダイニングの前《まえ》に立《た》っていた。どうやら、わたしはいこうと思《おも》った場所《ばしょ》に、歩《ある》かずに移動《いどう》できるようになったみたいだ。

ところが、ダイニングのドアが見《み》つからない。ドアがあったあたりは、真《ま》っ黒《くろ》な壁《かべ》のようなものが見《み》えるだけだ。

その壁《かべ》のむこうから、ママの声《こえ》がする。

「……おばあちゃんの妹《いもうと》さんが小《ちい》さいときに、おばけにあったんですって。そんな話《はなし》を、美香《みか》が本気《ほんき》にして……」

「妹《いもうと》？　……ああ、カツエおばさんのことだな。それで美香《みか》、きのうの夜《よる》、おばけさんにあえたのかな？」

（……あれっ。パパの声《こえ》だ。パパがくるのは、明日《あした》の夜《よる》のはずなのに？　んっ、美香《みか》って……。なぜわたしがそこにいるの？）

「ううん、あえなかった。……ねえ、ママ。宿題《しゅくだい》は全部《ぜんぶ》やったから、今日《きょう》は美香《みか》も、こっちでねてもいい？　明日《あした》は、もう広島《ひろしま》に帰《かえ》るんだし」

「もちろん、いいわよ。……で、宿題《しゅくだい》の作文《さくぶん》はなにを書《か》いたの？」

「あのね、『おばあちゃんの家《いえ》の思《おも》い出《で》』って題《だい》にしたよ」

（……ええっ、きっとカッちゃんだ！　カッちゃんが、わたしになりすましている！）

にせ者《もの》のわたしがいったことをきいて、あせった。明日《あした》は帰《かえ》る、ということは、今《いま》が、金曜日《きんようび》の夜《よる》だということだ。さっきねむっていた間《あいだ》に、ひと晩《ばん》の時間《じかん》が、とんでしまっていた。

「……ママ、パパ、その子《こ》はわたしじゃないよお！　……美香《みか》はここよ、その子《こ》は、にせ者《もの》だってば！」

わたしは、ダイニングの壁《かべ》の、ドアがあったあたりを、ドンドン、たたいた。

「……ああ、それできのうの夜《よる》は、美香《みか》の部屋《へや》からは物音《ものおと》ひとつきこえなかったわ。遅《おそ》くまで、作文《さくぶん》を書《か》いていたのね」

「ははは……。ばあちゃんも、もうだいじょうぶみたいだし、宿題《しゅくだい》もすんだのなら、明日《あした》は安心《あんしん》して帰《かえ》れるな」

カッちゃんがあれほど泣《な》いていたのに、ママにはきこえていなかったのだ。今《いま》も、壁《かべ》をたたいている音《おと》や、わたしの声《こえ》があちらの部屋《へや》にはきこえていないようだ。

それからも、ママたちの部屋《へや》の入《い》り口《ぐち》をさがしまわった。どこも真《ま》っ黒《くろ》な壁《かべ》にさえぎられていた。

ねだりわらしは、昔《むかし》の古《ふる》い家《いえ》にしか住《す》めない。だからリフォームで新《あたら》しくなったドアや、壁《かべ》のむこうにはいけないらしい。わたしが行《い》き来《き》できるのはリフォームしなかった二階《かい》と、壁《かべ》のこちらにある部屋《へや》だけになってしまった。

次《つぎ》の日《ひ》の昼《ひる》、パパたちは、にせ者《もの》のわたしをつれて広島《ひろしま》に帰《かえ》ってしまった。わたしは、それを見送《みおく》ることもできなかった。ねだりわらしは夜《よる》のあいだはうごけるが、昼間《ひるま》は消《き》えているしかないのだ。

どうしてこんなことになったのか、落《お》ちついて考《かんが》えてみた。それで思《おも》いあたったことがある。パパが、おばあちゃんの妹《いもうと》の名前《なまえ》を、「カツエ」といっていたことだ。

カッちゃんがドリル帳《ちょう》に書《か》いた、「カツ」という名前《なまえ》。……あれは、もしかしたら「カツエ」の「カツ」だったのでは？

それなら、すべてが説明《せつめい》できる。カツエさんは小学生《しょうがくせい》のときにねだりわらしにあい、体《からだ》を入《い》れかえられてしまったのだ。もとのねだりわらしは、もっと昔《むかし》にこの家《いえ》に住《す》んでいた、だれかさんなのだろう。

まんまとカツエさんにすりかわった、そのだれかさんは体《からだ》を取《と》りかえされることをおそれ、夜《よる》はひとりでねないようにした。そして、さっさと外国《がいこく》へにげてしまった。もう二度《にど》と、この家《いえ》に帰《かえ》ってくることはないだろう。

ねだりわらしになったカツエさんは、何《なん》十年《ねん》もこの家《いえ》にひそみ、わたしのような子《こ》どもとであう機会《きかい》を待《ま》っていた。『カッちゃん』はさいしょからお菓子《かし》ではなく、わたしの体《からだ》をおねだりしていたのだ。握手《あくしゅ》をしたことで、わたしの体《からだ》をのっとることができた。

ねだりわらしは生《い》きながらえるために、百年《ねん》――、いや二百年《ねんいじょう》以上もの昔《むかし》から代々《だいだい》、そうやってきたにちがいない。

あれから二十年《ねん》もが、すぎた。

小《ちい》さな男《おとこ》の子《こ》が、なんどかこの家《いえ》に遊《あそ》びにきた。にせ者《もの》の美香《みか》に、子《こ》どもができたようだ。でも、母親《ははおや》にいわれているのか、夜《よる》はひとりでこの部屋《へや》に入《はい》ってこようとしなかった。

いつかは、あの子《こ》がひとりで、壁《かべ》のこちら側《がわ》にきてくれる日《ひ》があるかもしれない。だけどその前《まえ》に、この家《いえ》が取《と》りこわされてしまったら、どうなるのか。

わたしは今《いま》もはらはらしながら、真《ま》っ暗《くら》な物置部屋《ものおきべや》で、子《こ》どもがくるのを待《ま》っている。

ねだりわらしという、おばけになって——。

ぞくぞくびっくり箱

箱《はこ》

礒 みゆき・作　寺島ゆか・絵

今年《ことし》の夏休《なつやす》みは、わたしにとって特別《とくべつ》な夏休《なつやす》みだった。

はじめてひとりで千葉《ちば》のおばあちゃんの家《いえ》に遊《あそ》びにいって、はじめて年上《としうえ》のすごくきれいな友《とも》だちができた。

そしてはじめて、ふしぎなものを見《み》た。

わたしは海《うみ》が大好《だいす》きだ。だから海《うみ》の近《ちか》くのおばあちゃんの家《いえ》にいくのが楽《たの》しみだった。毎年《まいとし》、夏休《なつやす》みは家族《かぞく》でいくのだが、今年《ことし》の夏《なつ》はお父《とう》さんは仕事《しごと》で、お兄《にい》ちゃんは中学受験《ちゅうがくじゅけん》で、お母《かあ》さんはお兄《にい》ちゃんの塾《じゅく》の送《おく》りむかえでいそがしい。

ちょっと不安《ふあん》だったけど、わたしはひとりででかけることにした。東京駅《とうきょうえき》まではお母《かあ》さんが送《おく》ってくれたし、千葉《ちば》の御宿駅《おんじゅくえき》にはおばあちゃんがむかえにきてくれた。ひとりで電車《でんしゃ》に乗《の》ってこられたというだけだけど、なんだかうんとおとなになったみたいでうれしかった。

おばあちゃんの家《いえ》から海《うみ》までは自転車《じてんしゃ》で十分《ぷん》くらいだ。

朝食《ちょうしょく》を食《た》べて、その日《ひ》の宿題《しゅくだい》をすますと、わたしは毎日海《まいにちうみ》へいった。タチアオイやヒマワリが咲《さ》く、海《うみ》につながる長《なが》い坂《さか》をのぼるのは、なかなかたいへんだ。

でも坂《さか》の途中《とちゅう》で、風《かぜ》に潮《しお》のにおいがまじってくると、わくわくしてくる。もうすぐあのキラキラとかがやく海《うみ》が待《ま》っている。

「がんばれ！　もうひといき」

わたしは力《ちから》いっぱい自転車《じてんしゃ》のペダルをふむ。

ほてったからだで、海《うみ》にとびこむのは、とても気《き》もちがいい。水《みず》の中《なか》では人《ひと》の声《こえ》も波《なみ》の音《おと》も遠《とお》くぼんやりときこえて、わたしのはきだす空気《くうき》のあわだけがゆるゆると水面《すいめん》にのぼっていく。

サイダーのびんの中《なか》って、こんな感《かん》じなのかな。

しばらく泳《およ》いだりもぐったりした後《あと》のお弁当《べんとう》も最高《さいこう》においしい。

浜《はま》をのぼっていくと丘《おか》の上《うえ》に松林《まつばやし》があり、そこにはいくつかのベンチがならんでいた。海風《うみかぜ》が気《き》もちよくて、遠《とお》くの沖合《おきあい》まで見《み》わたせる、いちばん好《す》きな場所《ばしょ》だ。わたしはここで毎日《まいにち》、おばあちゃんがつくってくれたお弁当《べんとう》を食《た》べる。

その日《ひ》も、こかげのいつものベンチにすわろうとすると、小《ちい》さな箱《はこ》が置《お》いてあった。赤《あか》いチェックのがらのランチボックスだ。

「あーあ、残念《ざんねん》。だれかが先《さき》にきてたんだ」

わたしはがっかりしながら、少《すこ》しはなれた別《べつ》のベンチにこしをおろした。

ひえた麦茶《むぎちゃ》を飲《の》んでいると、浜《はま》からののぼり道《みち》を水着《みずぎ》の上《うえ》に白《しろ》いパーカーをはおった女《おんな》の子《こ》が歩《ある》いてくるのが見《み》えた。

片方《かたほう》の手《て》にペットボトルをもち、きょろきょろとあたりを見《み》まわしながら、こっちにやってくる。

その子《こ》はわたしと目《め》があうと、にこっとわらった。ふわっと、花《はな》のつぼみがひらいたような、やさしい笑顔《えがお》につられて、わたしもわらった。

「あの……なにかさがしてるの？」

「うん」

「もしかして、箱《はこ》？」

女《おんな》の子《こ》の笑顔《えがお》が一瞬《いっしゅん》ゆがんだように見《み》えた。

「チェックのランチボックスなら、そこに……」

女《おんな》の子《こ》はすぐまた元《もと》の笑顔《えがお》にもどって、わたしが指《ゆび》をさしたベンチをふりかえった。

「あった！　よかった。どこかに落《お》としたかと思《おも》ったわ。ありがとう」

近《ちか》くで見《み》ると、小麦色《こむぎいろ》の肌《はだ》に、真珠《しんじゅ》みたいなつやつやの白《しろ》い歯《は》が光《ひか》っていて、どきどきするくらいきれいな子《こ》だった。

次《つぎ》の日《ひ》、わたしが浜辺《はまべ》でお母《かあ》さんのおみやげにしようと貝《かい》がらをひろっていたら、「きのうは、ありがとう」と、その子《こ》がかけよってきた。

背《せ》たけは、わたしと同《おな》じくらいだったけどふたつ年上《としうえ》の小学《しょうがく》六年生《ねんせい》で、ゆり子《こ》という名前《なまえ》だった。

わたしたちはすぐになかよくなって、ほとんど毎日《まいにち》、海《うみ》でいっしょに遊《あそ》ぶようになった。

泳《およ》ぎつかれ、歩《ある》きつかれるとわたしたちは、松林《まつばやし》のベンチにすわって、いろんな話《はなし》をした。

好《す》きな本《ほん》やアニメのこととか、気《き》になる男《おとこ》の子《こ》のこととか、学校《がっこう》でむかついたこととか。

大好《だいす》きな海《うみ》の近《ちか》くにいると、気《き》もちもゆったりと大《おお》きくなって、はじめてできた年上《としうえ》の友《とも》だちもうれしくて、ふだんあまりはなせないこともいろいろはなした。ゆり子《こ》はあまり自分《じぶん》のことは、はなさなかったが、わたしの話《はなし》をわらったりうなずいたりしながら楽《たの》しそうにきいてくれた。

二週間《しゅうかん》は、あっというまにすぎて、東京《とうきょう》にもどる前日《ぜんじつ》、いつものベンチでゆり子《こ》は手《て》づくりのカップケーキとつめたいミルクティをごちそうしてくれた。

ああ、こんなお姉《ねえ》ちゃんがいたらよかったのに、もっともっと話《はなし》をしたり遊《あそ》んだりしたかったと、わたしはなんだか泣《な》きそうになった。

「冬休《ふゆやす》みになったら、また会《あ》おうね。冬《ふゆ》の海《うみ》もなかなかいいよ」

「うん、約束《やくそく》だよ」

しんみりとゆり子《こ》と指切《ゆびき》りをするわたしの足《あし》に、なにかがサッとふれた。どきっとして足《あし》もとを見《み》ると、黒《くろ》い虫《むし》がバネのおもちゃみたいに、ぴょんと草《くさ》むらにとびこむのが見《み》えた。

「ギャー」

わたしは思《おも》わずベンチの上《うえ》にとびのった。

「マ、マダラカマドウマだ！」

わたしはなにがこわいって、この虫《むし》ほどこわいものはない。別《べつ》に毒《どく》をもってるわけでもないし、狂暴《きょうぼう》なわけでもない。でも、からだ全体《ぜんたい》が黒《くろ》い小《ちい》さなコブのようで、それをおおう白《しろ》いまだらもようを見《み》ただけで全身《ぜんしん》の血《ち》が足《あし》もとにひいていくような恐怖《きょうふ》を感《かん》じるのだ。

「名前《なまえ》だけは妖怪《ようかい》みたいだけど、ただのコオロギだよ。もういないから平気《へいき》、平気《へいき》」

ゆり子《こ》がケラケラとわらった。

「そんなにわらわないでよ。ゆり子《こ》ちゃんだって、こわいもの、あるでしょう？」

わたしが口《くち》をとがらせてそういうと、ゆり子《こ》は急《きゅう》にまじめな顔《かお》になってだまりこんだ。

「ずるいよ。教《おし》えて、教《おし》えて。ゆり子《こ》ちゃんのいちばんこわいもの」

ゆり子《こ》は沖《おき》のほうを見《み》つめたまま、つぶやくようにいった。

「……箱《はこ》」

「箱《はこ》!?　アハハッ、そんなの、ただの入《い》れものじゃない。へんなの」

ゆり子《こ》はそんなわたしの言葉《ことば》をさえぎるようにおびえた目《め》でわたしの顔《かお》をじっと見《み》た。

「わたし、本当《ほんとう》にこわいんだ。あれは、きっと今《いま》もわたしのことをさがしている……」

「えっ、箱《はこ》が、ゆり子《こ》ちゃんをさがしているの？」

ゆり子《こ》は小《ちい》さくうなずくと、ぽつりぽつりとはなしはじめた。

＊　＊　＊

その箱《はこ》は、ゆり子《こ》の家《いえ》の納戸《なんど》のすみにひっそりと置《お》かれていた。みかんなどが入《はい》っている段《だん》ボールよりひとまわりくらい大《おお》きくて、木製《もくせい》だった。真四角《ましかく》で、ふたをしめると大《おお》きなサイコロみたいに見《み》えた。もとはなにが入《はい》っていたのかわからない。

ちょうどおもちゃを入《い》れていた箱《はこ》がこわれてしまい、かわりになる箱《はこ》をさがしていたときだった。ゆり子《こ》はさっそくその箱《はこ》を納戸《なんど》からもちだした。大《おお》きいわりに軽《かる》くて使《つか》いやすそうだし、なによりも箱《はこ》の色《いろ》が気《き》に入《い》った。

秋《あき》の晴《は》れわたった空《そら》のような、あざやかな青色《あおいろ》だ。でも一か所《しょ》だけ、その青《あお》色《いろ》の下《した》になにかがぼんやりすけて見《み》えた。

「青色《あおいろ》にぬる前《まえ》は、ここに絵《え》がかいてあったんだ……」

よく見《み》ると、そのまあるい形《かたち》はふっくらとした子《こ》どもの顔《かお》で、その顔《かお》のまわりにはきれいな巻《ま》き毛《げ》もかかれているのがわかった。

でも目《め》や鼻《はな》や口《くち》の部分《ぶぶん》は、しっかりとぬりつぶされている。

「のっぺらぼうじゃかわいそうね」

ゆり子《こ》は、さっそくそこにマジックで顔《かお》をかいた。長《なが》いまつげにふちどられた、ぱっちりした大《おお》きな目《め》、ぽっちゃりした小《ちい》さな口《くち》。

「ほら、かわいくなったよ」

そういって箱《はこ》の顔《かお》を見《み》たとき、ゆり子《こ》はどきっとした。

そのふたつの目《め》に、ぽうっとかすかな光《ひかり》がやどったような気《き》がしたからだ。

ぼんやりしていた顔《かお》のりんかくも、なんとなくくっきりしたような気《き》もする。

絵《え》をかくことや、人形《にんぎょう》をつくるのが好《す》きだった、おばがいっていたことを思《おも》い出《だ》した。

『目《め》をかくということは、魂《たましい》を入《い》れるということなのよ』

その日《ひ》から青色《あおいろ》の箱《はこ》は、リカちゃん人形《にんぎょう》、テディベア、スーパーボール、お気《き》に入《い》りのシール、カラフルなねり消《け》しを入《い》れる、ゆり子《こ》の宝箱《たからばこ》になった。

毎日《まいにち》、幼稚園《ようちえん》から帰《かえ》ってきて箱《はこ》をあけるのが楽《たの》しみだった。
一年生《ねんせい》になると、新《あたら》しい宝物《たからもの》もふえた。じょうずにかけた運動会《うんどうかい》の絵《え》。「遠《えん》足《そく》の楽《たの》しさがよくつたわってきます」と先生《せんせい》にほめられた花丸《はなまる》のついた作文《さくぶん》。友《とも》だちもふえて、学校《がっこう》は楽《たの》しかった。
ところが三学期《がっき》になってすぐ、ゆり子《こ》の一家《いっか》は、とつぜん引越《ひっこ》すことになった。お父《とう》さんが関西《かんさい》の支店《してん》に転勤《てんきん》になったからだ。

おとなしいゆり子《こ》は、新《あたら》しい学校《がっこう》になかなかなじめなかった。ちょっとした言葉《ことば》のちがいをからかわれたり、もうすでにできあがっているなかよしグループに入《はい》ることもできず、毎日《まいにち》がつらかった。

学校《がっこう》から帰《かえ》るとくたくたにつかれていて、おやつを食《た》べる気《き》にもテレビを見《み》る気《き》にもなれなかった。ひとりでベッドにねころがって、ただぼんやりとすごす日《ひ》がつづいた。

ふと、あの箱《はこ》のことを思《おも》いだした。ゆり子《こ》はおしいれから箱《はこ》をとりだし、ひさしぶりに宝物《たからもの》を床《ゆか》いっぱいにならべた。

前《まえ》の学校《がっこう》の友《とも》だちの顔《かお》、春《はる》の遠足《えんそく》、放課後《ほうかご》、いっしょうけんめい練習《れんしゅう》した大《おお》なわとび……楽《たの》しかった思《おも》い出《で》が次《つぎ》つぎとよみがえり、思《おも》わず涙《なみだ》がこぼれた。

ゆり子《こ》は床《ゆか》につっぷして声《こえ》をあげて泣《な》いた。

泣《な》きつかれて顔《かお》を上《あ》げると、箱《はこ》の顔《かお》がじっとゆり子《こ》を見《み》つめていた。それはまるでゆり子《こ》をはげましてくれているような、やさしい目《め》だった。

箱《はこ》が「おいで」といっているような気《き》がした。

起《お》きあがって、からっぽになった箱《はこ》の中《なか》のあわい暗《くら》がりをのぞいているうちに、ゆり子《こ》はすいこまれるように箱《はこ》に入《はい》り、ひざをかかえてだんご虫《むし》のように丸《まる》くなった。

そのまま横《よこ》になると、からだの小《ちい》さなゆり子《こ》は、すっぽりと箱《はこ》の中《なか》におさまった。きゅうくつさは、まるで箱《はこ》にぎゅっとだきしめられているみたいで、かえってほっとした。ひんやりとした木《き》のはだざわりも気《き》もちがいい。箱《はこ》の中《なか》にいると、お母《かあ》さんがだれかと電話《でんわ》ではなしている声《こえ》や、表通《おもてどお》りの車《くるま》の音《おと》なんかはちゃんときこえているのに、自分《じぶん》だけ別《べつ》の世界《せかい》にいるようだった。

なんだか時間《じかん》さえ箱《はこ》の外側《そとがわ》とはちがう流《なが》れ方《かた》をしているみたい。

「箱《はこ》ってふしぎだなあ……」

それから、ゆり子《こ》は落《お》ちこんだときは、箱《はこ》に入《はい》るようになった。箱《はこ》はいつだってやさしくぎゅうっとだきしめてくれる。箱《はこ》の中《なか》でしばらくじっとしていると、いやな気《き》もちも悲《かな》しい気《き》もちも少《すこ》しずつ軽《かる》くなって、いつのまにか消《き》えていった。

ゆり子《こ》が元気《げんき》になると、箱《はこ》の顔《かお》も心配顔《しんぱいがお》からうれしそうな顔《かお》にかわっていくようだった。

「きっと箱《はこ》は、わたしの気《き》もち、わかってくれてるんだ」

そう思《おも》うとゆり子《こ》は少《すこ》し勇気《ゆうき》がわいて、明日《あした》もまた、学校《がっこう》へいこうと思《おも》った。

箱《はこ》はゆり子《こ》のだいじな友《とも》だちだった。

三年生《ねんせい》になると、ゆり子《こ》にはじめて親友《しんゆう》ができた。同《おな》じクラスの麻理《まり》だ。麻《ま》理《り》はゆり子《こ》とは正反対《せいはんたい》の性格《せいかく》で活《かっ》ぱつなクラスのリーダーだった。でもなぜかふたりは気《き》があった。ぐうぜん同《おな》じマンションに住《す》んでいたので、学校《がっこう》の登下《とうげ》校《こう》もいっしょだったし、毎日《まいにち》まるで姉妹《しまい》のようにいっしょに遊《あそ》んだ。

そのころはゆり子《こ》の身長《しんちょう》ものびて、もう箱《はこ》の中《なか》に入《はい》ることはできなくなり、なにより毎日《まいにち》が楽《たの》しくて箱《はこ》をとりだすことさえなくなった。箱《はこ》はおしいれに入《い》れっぱなしになり、ときどきひどい点数《てんすう》のテストや渡《わた》しわすれた学校《がっこう》からのプリント、できの悪《わる》い作文《さくぶん》をこっそりほうりこんだ。

宝箱《たからばこ》だった箱《はこ》は、いつのまにかお母《かあ》さんに見《み》つかったらしかられそうなものや、だれにも見《み》られたくないはずかしいもののかくし場所《ばしょ》になった。

夏《なつ》のはじめに、麻理《まり》の誕生会《たんじょうかい》があった。ゆり子《こ》のほかにもなかよしのクラスメイトが四、五人招待《にんしょうたい》された。麻理《まり》のお母《かあ》さんはお菓子《かし》をつくるのがとてもじょうずだ。遊《あそ》びにいくと、おやつはいつも手《て》づくりのシュークリームやマドレーヌなんかをごちそうしてくれて、それも麻理《まり》の家《いえ》にいくときの楽《たの》しみでもあった。

その日《ひ》のバースディケーキはフルーツと生《なま》クリームがたっぷりのっていて、まるでケーキ屋《や》さんから買《か》ってきたみたいにごうかでおいしかった。おみやげは、レアチーズのロールケーキ。

「やった！　おいしそう。麻理《まり》のお母《かあ》さんてパティシエみたいね」

とみんなは喜《よろこ》んでいたけど、ゆり子《こ》はぎょっとした。じつはチーズが大《だい》きらいなのだ。あのにちゃっとした食感《しょっかん》とにおいがたまらない。給食《きゅうしょく》ででたときは息《いき》を止《と》めて、かまずにまるのみしている。でも麻理《まり》や麻理《まり》のお母《かあ》さんに悪《わる》いから、喜《よろこ》んだふりをして、とりあえずバッグにそっと入《い》れた。

四、五日《にち》たってから麻理《まり》に、

「おみやげのケーキ、おいしかった？」

ってきかれて、はっとした。

しまった、うっかりバッグに入《い》れっぱなしだ。

「う、うん。すごくおいしかったよ」

ゆり子《こ》は麻理《まり》の目《め》を見《み》ないでそう答《こた》えた。

家《いえ》に帰《かえ》ってバッグからとりだしてみると、ビニール袋《ぶくろ》にきれいなリボンでラッピングされたケーキは青《あお》みどり色《いろ》のぶきみな物体《ぶったい》にかわっていた。

「わあ、かびだらけ!」

これをお母《かあ》さんに見《み》つかったら、ものすごくしかられる。食《た》べものをそまつにするとバチがあたると、いつもいわれていたから。

「どうしよう……最悪《さいあく》だ……」

そっとマンションのゴミ置場《おきば》にすてようかと思《おも》ったけど、麻理《まり》や麻理《まり》のお母《かあ》さんに見《み》つかるかもしれないし、すてたら本当《ほんとう》にバチがあたるかもしれない……。

ぞっとするその青《あお》みどり色《いろ》を見《み》ていると、はき気《け》がしてきた。

とりあえず、これをかくそう。そうだ、あの箱《はこ》に。

ゆり子《こ》はおしいれをあけると、青《あお》い箱《はこ》に袋《ふくろ》を投《な》げいれ、いそいでふたをしめた。

でもそれで安心《あんしん》したわけではない。

おしいれをあけるたびに、あの箱《はこ》が目《め》に入《はい》り、ゆううつになった。

あのケーキはどうなっているだろう。きっともうドロドロになっているにちがいない。どうしよう、そろそろすてなくちゃ。でも箱《はこ》の中《なか》を見《み》たくない。

そうやってぐずぐず先《さき》のばしにして一週間《しゅうかん》くらいたった。

そのころ、またお父《とう》さんの転勤《てんきん》が決《き》まった。

引越《ひっこし》の準備《じゅんび》をはじめると、おしいれの中《なか》は不用品《ふようひん》をつめた段《だん》ボールやもえないゴミの袋《ふくろ》でいっぱいになった。あの箱《はこ》からはかすかな生《なま》ゴミのにおいもしてきた。

引《ひ》っ越《こ》しの二、三日前《にちまえ》、麻理《まり》が家《いえ》に遊《あそ》びにきた。

ゆり子《こ》の部屋《へや》でふたりでゲームをしていると、

「なんだかこの部屋《へや》、びみょうにくさくない？」

と麻理《まり》が顔《かお》をしかめた。

ついに部屋《へや》の中《なか》までにおいがもれてきたのだ。

「そ、そう？」

ゆり子《こ》はとぼけたが、麻理《まり》は鼻《はな》をくんくんさせながら部屋《へや》の中《なか》を歩《ある》きまわっている。

「ねえ、ゆり子《こ》ちゃん、おしいれの中《なか》からじゃない？」

もうダメだ。見《み》つかってしまう。

あれを見《み》たら麻理《まり》はおこるだろう。傷《きず》つくだろう。今《いま》までの楽《たの》しい思《おも》い出《で》も親友《しんゆう》もうしなってしまう。

麻理《まり》がおしいれの扉《とびら》に手《て》をかけた。

『あくな！　あくな！』

ゆり子《こ》は心《こころ》の中《なか》で必死《ひっし》に願《ねが》った。

「あれ？　ぜんぜんうごかないや」

麻理《まり》が力《ちから》いっぱい扉《とびら》をひいている。

きっと、いちばん手前《てまえ》にあったあの青《あお》い箱《はこ》がつかえているにちがいない。

『お願《ねが》い箱《はこ》さん。そのままうごかないで。お願《ねが》い、お願《ねが》い！』

「へんなの。あかないや。ま、いいか」

麻理《まり》はあきらめて、ゲームのつづきをはじめた。

麻理《まり》が帰《かえ》ったあと、ゆり子《こ》がおしいれの扉《とびら》をひくと、すべるようにあいた。

「あれっ!?　さっきはぴくりともしなかったのに……」

青《あお》い箱《はこ》の顔《かお》と目《め》があった。その顔《かお》は一瞬《いっしゅん》にこっと笑《わら》ったような気《き》がした。

「やっぱり……。わたしの気《き》もち、ちゃんとわかってくれてたんだ……。がんばって扉《とびら》をあかないようにしてくれたのね。ありがとう箱《はこ》さん」

あさってはゴミの収集日《しゅうしゅうび》だ。明日《あした》の夜《よる》、かならず箱《はこ》の中《なか》のものはすてようとゆり子《こ》は決心《けっしん》した。

「今《いま》まで本当《ほんとう》にごめんね。これからは、箱《はこ》さんのこと、ぜったいだいじにするからね」

次《つぎ》の日《ひ》、学校《がっこう》から帰《かえ》っておしいれをあけると、中《なか》はからっぽだった。ゆり子《こ》はあわてた。

「お母《かあ》さん、おしいれの中《なか》のものはどうしたの？　わたしの青《あお》い箱《はこ》は、どこ？」

「中《なか》のものは、午前中《ごぜんちゅう》に引《ひ》っ越《こ》しをお願《ねが》いした業者《ぎょうしゃ》さんがひきとってくれたわ。みんないらないものだったし。青《あお》い箱《はこ》なんてあったかしら……だいじなものだったの？」

とりかえしのつかないことをしてしまったようなショックで、ゆり子《こ》はなにもいえずだまりこんだ。

その反面《はんめん》、ちょっとだけほっとしていた。あのカビだらけのぞっとするようなものも、だれにも見《み》られたくないはずかしいものも、いやなものはあの箱《はこ》といっしょにすっかり消《き》えてしまったのだ。


それからすぐ、ゆり子《こ》の一家《いっか》はここに越《こ》してきた。三年《ねん》もたつと、麻理《まり》とも年賀状《ねんがじょう》のやりとりをするだけになり、あの箱《はこ》のこともすっかりわすれていた。

ところが今年《ことし》の春《はる》、あの箱《はこ》を見《み》たのだ。

社会科見学《しゃかいかけんがく》でお菓子工場《かしこうじょう》にいったときだ。工場《こうじょう》に駐車《ちゅうしゃ》してあったトラックの荷台《にだい》に、それは置《お》かれていた。

「うそ……まさか……」

ボロボロになって青色《あおいろ》もぼんやりとくすんでしまっていたけど、ゆり子《こ》にはあの箱《はこ》だとすぐにわかった。クラス全員《ぜんいん》の点呼《てんこ》が終《お》わって、走《はし》り出《だ》すバスの窓《まど》から、ゆり子《こ》は石《いし》のようにかたまったまま、それを見《み》つめていた。

それ以来《いらい》ふとしたときに箱《はこ》はあらわれた。

あるときは、だれもいない駅《えき》の待合室《まちあいしつ》にポツンと置《お》かれていた。あるときは、図書館《としょかん》の窓《まど》から見《み》えるビルの非常階段《ひじょうかいだん》に置《お》かれていた。

＊　＊　＊

「二週間《しゅうかん》くらい前《まえ》には、塾《じゅく》の近《ちか》くの空家《あきや》にあった。こわれて半開《はんびら》きになったドアのすきまから見《み》えたの」

ゆり子《こ》のほほが青《あお》ざめている。

「でも……それってゆり子《こ》ちゃんの見《み》まちがいかもしれないよ。青《あお》い箱《はこ》なんてどこにだってあるし……」

「だって同《おな》じ顔《かお》だったもの。わたしがマジックでかいた顔《かお》。ぜったいあの箱《はこ》よ」

わたしの心臓《しんぞう》のドキドキは早《はや》くなって、なにもいえなかった。

「箱《はこ》は、わたしのことおこってるんだよ、すごく。見《み》つかったらどうなるんだろう。……いやな予感《よかん》がする」

「ゆり子《こ》ちゃん……」

「箱《はこ》はわたしの願《ねが》いをきいてくれて、必死《ひっし》でわたしのことを守《まも》ってくれたのよ。でもわたしはすててしまった。ぜったいだいじにするって約束《やくそく》したのに。なんだか、箱《はこ》がどんどん近《ちか》づいてきてるような気《き》がするの……」

風《かぜ》がふくたび松《まつ》の小枝《こえだ》がゆれて、足《あし》もとの石《いし》だたみがせわしく陽《ひ》にかげったり照《て》ったりしている。遠《とお》ざかるパトカーのサイレンがぼんやりときこえる。わたしのT《ティー》シャツはつめたい汗《あせ》でべっとりと背中《せなか》にはりついていた。

東京《とうきょう》へもどる日《ひ》、おばあちゃんがバスで御宿駅《おんじゅくえき》まで送《おく》ってくれた。

海《うみ》ぞいの道《みち》を走《はし》るバスの窓《まど》から、丘《おか》の上《うえ》の松林《まつばやし》が見《み》えてきた。昼前《ひるまえ》だったせいか、まだ人《ひと》もまばらだ。

「あっ！」

わたしは思《おも》わずさけんだ。古《ふる》ぼけた青《あお》い箱《はこ》がベンチの上《うえ》に置《お》かれている。きのうゆり子《こ》といっしょにすわっていたあのベンチに。

「どうしたの？」

「箱《はこ》が、あそこに……」

おばあちゃんが、まぶしそうに目《め》を細《ほそ》めて窓《まど》の外《そと》を見《み》た。

「そんなものないけど……箱《はこ》がどうかしたのかい？」

「ううん……べつに……」

ゆるやかなカーブを切《き》ったバスは、ゆっくりと坂道《さかみち》を下《くだ》っていった。松林《まつばやし》はもう見《み》えなくなっていた。

――箱《はこ》がどんどん近《ちか》づいてきてるような気《き》がするの……。

ゆり子《こ》の言葉《ことば》を思《おも》いだした。

ざわっと、からだのしんがふるえた。


東京《とうきょう》へもどってすぐに、新学期《しんがっき》がはじまり、学校《がっこう》はにぎやかなさわがしさにあふれていた。なかよしの友《とも》だちも、ちょっとおとなっぽくなってみんな教室《きょうしつ》にもどってきた。

夏休《なつやす》みのあいだに、廊下《ろうか》はワックスでぴかぴかにみがかれ、げた箱《ばこ》は白《しろ》くきれいにぬりなおされ、昇降口《しょうこうぐち》はペンキのにおいがしていた。

またいつもの日々《ひび》がはじまったのだ。

わたしはなんだか長《なが》い昼寝《ひるね》からさめたような気《き》がしていた。

しばらくしてゆり子《こ》に手紙《てがみ》を書《か》いた。

学校《がっこう》のことや最近《さいきん》見《み》たアニメのことや
できあがったばかりのスカイツリーのこと。
でもあの松林《まつばやし》のベンチに置《お》かれていた
青《あお》い箱《はこ》のことは書《か》かなかった。
ゆり子《こ》からの返事《へんじ》は、ない。

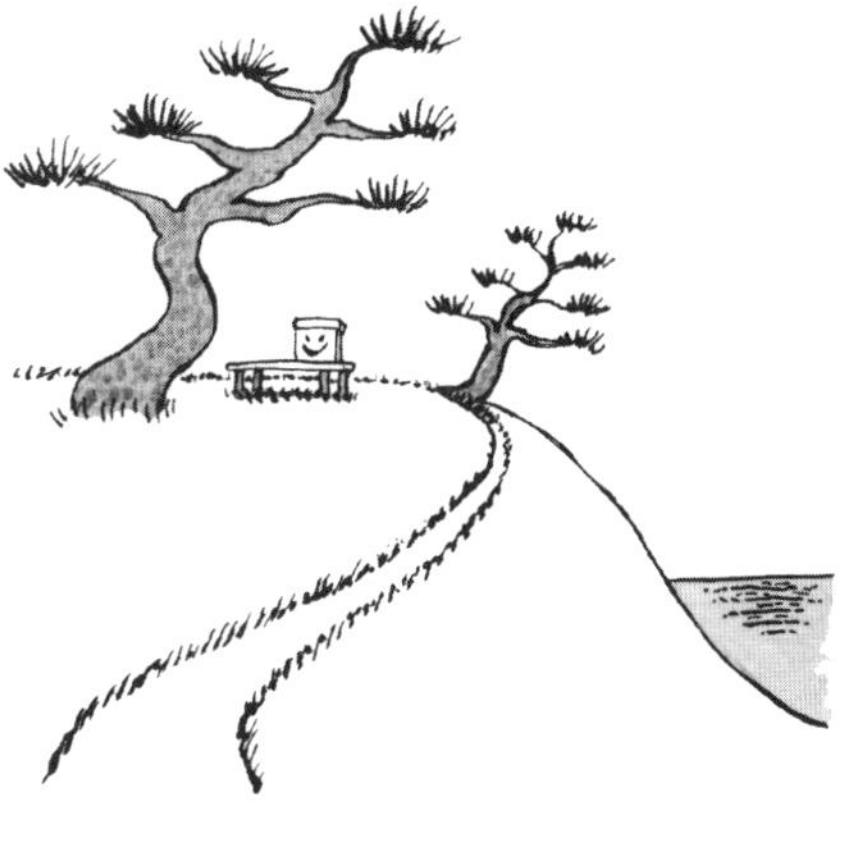

●著者プロフィール●

加藤純子（かとう じゅんこ）

埼玉県生まれ。作品に『母と娘が親友になれた日』（産経児童出版文化賞推薦入賞）、『家庭教師りん子さんが行く』など。

西 美音（にし みね）

東京都生まれ。第26回福島正美記念ＳＦ童話賞大賞受賞。
作品に『妖精ピリリとの三日間』がある。

牧野節子（まきの せつこ）

東京都生まれ。作品に『極悪飛童』、『グループホーム』、『星にねがいを』、『夢見るアイドル』、『空色バレリーナ』、『お笑い一番星』など。

毛利まさみち（もうり まさみち）

熊本県生まれ、広島市在住。絵本作品に『ももの里』、『鬼ガ山』、児童文学作品に『青の森伝説』、『青い空がつながった』など。

礒 みゆき（いそ みゆき）

栃木県生まれ。作品に『みてても、いい？』、『わたしのひよこ』、『ボロ』、『はんこください』など。

ぞくぞく☆びっくり箱②

こわ〜いオバケ　5つのお話

2014年7月　初版第1刷発行
2019年3月　　　第3刷発行

編　者　日本児童文学者協会
発行者　水谷泰三
発　行　株式会社**文溪堂**
〒112-8635　東京都文京区大塚3-16-12
TEL (03) 5976-1515 (営業) (03) 5976-1511 (編集)
ホームページ　http://www.bunkei.co.jp
印刷・製本　図書印刷株式会社

カバー・本文デザイン　DOMDOM
© 2014. 日本児童文学者協会　　　Printed in Japan.
ISBN978-4-7999-0082-6 NDC913 148P 188×128mm
落丁本・乱丁本はおとりかえいたします。定価はカバーに表示してあります。

ぞくぞく
びっくり箱

きらきら宝石箱

日本児童文学者協会・編　全5巻

1 プリンセスがいっぱい 5つのお話

かわいいプリンセス、おてんばなプリンセス、ちょっぴりわがままなプリンセスなど、プリンセスが活躍する5つの作品が入ったアンソロジー。

2 夢とあこがれがいっぱい 5つのお話

将来の夢の話、ちょっぴり大人っぽい友人に抱く憧れ、夢中になっているスターの話など、夢と憧れがいっぱいつまった5つの作品が入ったアンソロジー。

3 魔女がいっぱい 5つのお話

魔法使いの家族の話、魔女のピアスをひろった女の子の話、夢に出てくる魔女の話など、魔女のお話がいっぱいつまった5つの作品が入ったアンソロジー。

4 かわいいペットがいっぱい 5つのお話

言葉が話せるネコ、ミルクの香りがするウサギ、親指ほどの不思議なかわいい生き物の話など、ペットの話がいっぱいつまった5つの作品が入ったアンソロジー。

5 すてきな恋がいっぱい 5つのお話

引っ越してしまう男の子の話、お祭りの日に突然あらわれた謎の男の子の話など、女の子が気になる男の子のお話がいっぱいつまった5つの作品が入ったアンソロジー。

ぞくぞくびっくり箱

日本児童文学者協会・編　全5巻

1 あわてんぼオバケ 5つのお話

あわてんぼうおばけの初恋のあいては?　あわてて乗ったバスで着いた先は?　あわてんぼなのは、おどかすオバケのほう?　それとも、おどかされるほう?　ドタバタ楽しい5つのお話。

2 こわ〜いオバケ 5つのお話

「こわ〜いおばけ」にも、こわいものがある?　捨てたはずの「箱」が復讐にやってくる……。遊園地の巨大な迷路、最初は楽しかったのに……。ちょっぴり?　とっても?　「こわい」5つのお話。

3 なきむしオバケ 5つのお話

えっ、おばけが、なきすぎて動けない?　おばけのフワリは、いつも「ねぼう」して人間をおどかす時間に起きられない……。おばけがなくのは、どんなとき?　なきむしおばけが活躍5つのお話。

4 おこりんぼオバケ 5つのお話

「一日おばけ」になったおばあさんがであったおこりんぼおばけの正体は?　やさしい先生が最近よくおこる、これは、おばけのしわざ?　いろんなおこりんぼおばけがいっぱい、5つのお話。

5 わらうオバケ　5つのお話

るすばん中にやってきたにこにこ顔の女の子は、だれ?　いじわるされた、やり返したい…そんなときこそ、おばけの出番?　おばけがわらうとなにが起こる?　わらうおばけが活躍5つのお話。

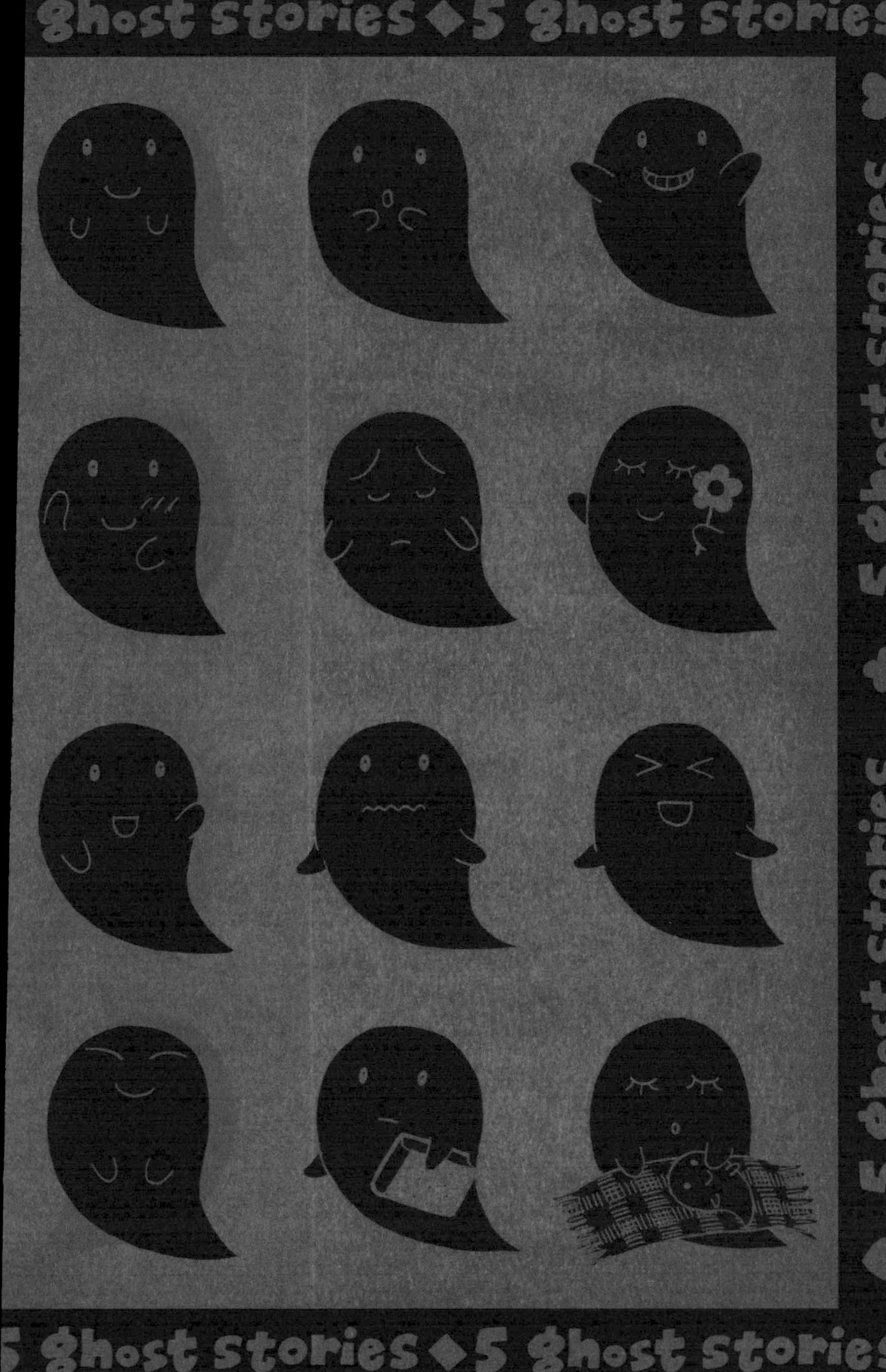
ghost stories◆5 ghost stories